智慧熊
SMART BEAR

阅读强 | 少年强 | 中国强

励志版名著的6个关键词

“领悟性阅读”是人生成长过程中不可或缺的要素。如何用精品名著唤醒天性、唤醒心灵、点燃智慧之灯，同时兼顾学生学习的现实需要呢?

第一个关键词：价值阅读——“成就有价值的人生”

有价值的人生从价值阅读开始。在阅读的重要性与紧迫性已成为共识的情况下，最根本的问题就是读什么和怎么读。为此，励志版名著致力于通过对经典名著的价值解读，培养学生一生受用的品质。

第二个关键词：励志——“本书名言记忆”

一句名言可以影响人的一生。在供学生阅读的众多名著版本中，励志版名著是以励志为核心理念的。一本好书，必能启迪人心，滋养人的精神。因此，我们专注于传递名著中宝贵的人生经验和成长智慧。

第三个关键词：兴趣——“无障碍阅读”

针对阅读经验较少的学生，励志版名著依据《现代汉语词典》《辞海》《汉语大词典》等权威辞书对疑难字词进行注释，并参考相关资料对人物、好句等进行注解，从而帮助学生实现名著的无障碍阅读，激发学生的阅读兴趣。

第四个关键词：导学——“名师导学3-2-1”

名师门下出高徒。励志版名著邀请全国一线名师、教研员倾力把关“名师导学3-2-1”，强调在导学的基础上自主学习，把阅读延伸到书外。

第五个关键词：彩图——“图说名著”

全品系七百多幅精美插图，配以言简意赅的文字，达到“图说名著”的生动效果，这对提升学生的阅读兴趣，使其更好地理解每一本名著的意蕴，无疑会有很好的帮助。

第六个关键词：课标——“全课标素质解读”

强调课标与素质阅读的结合，是本丛书明显的特征。部编版语文教材中所选用的名著篇目，都在其中占有一席之地，倡导了“每一本名著都是最好的教科书”的理念。

简言之，我们殚精竭虑，注重每一个细节。因为，一个人物，拥有一段经历；一段故事，反映一个道理；一本好书，可以励志一生。

让名著发挥它人生成长导师的基本功能吧!

励志版名著编委会

无障碍阅读

彩插励志版

李四光随笔：穿过地平线

LI SIGUANG SUIBI: CHUANGUO DIPINGXIAN

李四光 著

南方出版社
·海口·

图书在版编目(CIP)数据

李四光随笔 ：穿过地平线 / 李四光著. — 海口 ：南方出版社，2019.12（2024.10 重印）

（新课标必读名著 ：彩插励志版 / 闻钟主编）

ISBN 978-7-5501-3573-4

Ⅰ. ①李… Ⅱ. ①李… Ⅲ. ①随笔－作品集－中国－当代 Ⅳ. ①I267.1

中国版本图书馆 CIP 数据核字(2019)第 292250 号

李四光随笔：穿过地平线

LI SIGUANG SUIBI：CHUANGUO DIPINGXIAN

李四光　著

责任编辑：任才杰
特约编辑：王　璐
出版发行：南方出版社
社　　址：海南省海口市和平大道 70 号
邮政编码：570208
电　　话：(0898)66160822
传　　真：(0898)66160830
印　　刷：广州市至扬印务有限公司
经　　销：新华书店
开　　本：920mm×1280mm　1/16
印　　张：16
字　　数：188 千字
版　　次：2019 年 12 月第 1 版
印　　次：2024 年 10 月第 9 次印刷
定　　价：24.80 元

如何进行价值阅读

——《李四光随笔：穿过地平线》一书以“欧美‘文化’的曲子”为例进行解读

故事简介

在李四光的演讲中，他谈到了一个有趣的现象：中国人刚到欧洲的时候，难免为欧洲繁华的“物质文明”所牵动，很多人说中国缺乏这种“物质文明”。关于这个问题，李四光向我们解释了什么叫作文明，并对“什么是造成‘物质文明’最紧要的原料”发表了自己的见解。

价值解读

1. 关于独立思考

作者指出，人类之所以进步缓慢，很大程度上是因为我们不自觉地秉持着一种人云亦云的态度。我们要想摆脱这种束缚，就要学会独立思考。面对新境象和新学说，我们要独立、深入地分析思考，不被天经地义的学说吓倒，不为他人的意见所左右。

价值启示：我国数学家华罗庚曾说：“独立思考能力，对于从事科学研究或其他任何工作，都是十分必要的。在历史上，任何科学上的重大发明创造，都是由于发明者充分发挥了这种独创精神。”独立思考可以使头脑更加活跃，是发明创造的铺路石，它会让我们的人生变得独立而完整。

2. 关于遵守秩序

巴黎的房屋高大华丽，街道宽阔清洁，容易让人心生钦慕之感，作者将其归因为欧洲人尊重伦理，严守秩序，勇于对人和物进行组织。可见社会组织有序健康发展是人民生活质量的基本保证，是促进社会和谐的重要条件。

价值启示：不以规矩，不能成方圆。如果人们各行其是，不受规则和秩序的约束，那么社会必将陷入混乱。规则和秩序看似是束缚，其实是对自由的另一种保护。正如瑞士思想家阿米尔所说："秩序是人类最大的需要，是真正的幸福所在。"

3. 关于尊重客观规律

秋冬时分，气候寒冷干燥，草木便干枯凋零，状如枯槁；来年春夏，气候温和，肥料充足，草木又会蓬勃再生，展现出勃勃生机。草木的生长受客观规律的制约，人类的发展也是如此，如果机缘、情势不对，那么发展是会受到很大阻碍的。顺势而为，尊重规律，才能更好地谋求发展。

价值启示："天不言而四时行，地不语而百物生。"天地之间，万事万物自有其发展规律，这种规律是客观存在着的，不以人的意志为转移。我们不能随意地无视规律，要认识规律，尊重规律，依照规律做事。

△ 地球的周围有一圈大气，这圈大气组成它的最外一层，就是气圈。在这层气圈下面，就是大陆，大陆有些地方是由岩石组成的，大致占地球总面积的3/10，也就是石圈的表面。其余的7/10都是海洋，称为水圈。水圈的底下也都是石圈。

△ 在最近的地质时代，那就是第四期的初期，也可说是初有人不久的时候，地球上的气候很冷。冰川冰海，到处流溢。当最冷的时候，北欧全境，都在一片琉璃之下，浩荡数千万里，南到阿尔卑斯、高加索一带，中连中亚诸山脉，都是积雪皑皑，气象凛冽。

△ 试想我们日常穿的、用的东西，有多少不是直接或间接靠火力造成的？试想这世界上有多少地方，假使冬天不生火，还可以居住的？从香水胰子说到飞机大炮，我们能举出多少件与燃料绝对没有关系的东西？是的，什么叫作物质文明，简直就是燃料里烧出来的。

△ 在苏格兰爱丁堡一个小山上的古城下，两派开了一次现场讨论会，彼此互相指责和咒骂达到了白热化的程度，结果用拳头互相殴打了一场，才散了会。

△ 在树居生活环境的影响下，古猿躯体各部分在漫长的岁月里继续发生着缓慢的演化。例如它们在树上生活时，常用前肢（手和臂）采摘果实和捕捉小虫，后肢（腿和脚）则紧握树的枝干以支持全身重量。又如，它们在树上依靠“臂行”来移动，即用前肢攀握树枝来移动身体。

△ 我们所住的房屋的大小形式也要受气候的支配。中国北部的房子为什么平顶矮小的居多，南部的房子带屋脊而且较为高大的居多，都是因为雨量风力所逼迫而成的。这一层不用细说，我们都知道。

阅读规划

李四光是我国著名的地质学家，他竭尽一生，为我国地质教育、地质事业、地质科学的发展做出了重要贡献，并写下了大量地质学方面的著作。《李四光随笔：穿过地平线》一书便将李四光具有学术性、可读性的论著、随笔等精选成集，供大家阅读和学习。

·阅读时间建议

本书分为二十六章，你可以花三周的时间读完。前两周每周阅读十三章，通读全书。每读完一章，便停下来略作思考，概括每章所讲的地质学知识，并对文末“要点思考”所提出的两个问题做出解答。

在第三周，可以先根据前两周的阅读体验，用四天的时间，选择部分章节进行精读。在第五天，选出书中你最感兴趣的一个地质学知识，查找相关资料，丰富对它的认识。最后两天里，重点感受李四光在从事地质学工作中展现出来的精神，写下自己的读后感，并与同学、朋友进行分享。

·阅读方法指导

在阅读本书时，可以采用快速阅读与精读相结合的阅读方法。

快速阅读是为了弄清文章大意，可以采用默读的方法。同时要注意把握阅读重点，并对存有疑惑的知识点随手做一些圈点勾画。

本书作为一部科普名著，我们不仅要知道它讲了哪些内容，还要读懂它传递的科学知识，所以我们要采用精读的方法。精读时，我们要对通读时存疑的地方进行重点关注，可以自己查阅相关资料，也可以向老师、家长、同学请教。对一些感兴趣的专题，我们可以整合知识结构。比如，关于地球年龄的问题，可以综合书中天文学、天文理论、地质事实、地球热的历史中关于地球年龄的说法，进行纵向深入的理解。

名师导学3-2-1

3 个阅读要点

◎阅读时结合时代背景，探究李四光是如何在中华人民共和国初创的艰难日子里，战胜困难，增强自信，为中国科学事业的发展做出杰出贡献的。

◎了解李四光在地质力学上的贡献，学习李四光的科学精神和爱国思想。

◎通过阅读本书，掌握地质学相关的一些基础知识，提高对地质学的认识和兴趣。

2 个知识要点

◎本书采用文学随笔的形式，综合反映李四光治学的精神和做人的品质。我们在阅读时要重点体会这种精神和品质，并从中汲取不断向上的力量。

◎本书在传播科学知识的同时，更展示了科学发展的曲折历程、学术之争、解决问题的思路和方法等。我们要学习其中的思辨精神，科学客观地看待问题、分析问题。

1 个成长要点

◎李四光在探索地质学的过程中，矢志不移地追求真理，并始终将自己的科学活动与祖国的前途和民族的命运联系在一起，展现出了独立思考、实事求是的科学精神，强烈的爱国主义精神和民族自豪感。我们作为祖国的年轻一代，应该继承和发扬李四光的科学精神、爱国情感，自强不息，顽强拼搏，为祖国更好的发展做出应有的贡献。

目录

CONTENTS

看看我们的地球

导读

在美丽的地球上，我们经历着春夏秋冬的交替，感受着风云雨雪的变幻，深深地热爱着我们脚下的土地。可是，你了解地球这个我们赖以生存的家园吗？它的表面是由什么构成的？它的内部结构是什么样子？我们要怎样去探索它？……相信你对这些问题充满了好奇和期待，那就让我们做好准备，开启一场对地球的认知之旅吧！

地球是围绕太阳旋转的九大行星（即水星、金星、地球、火星、木星、土星、天王星、海王星、冥王星。在2006年8月24日第26届国际天文学联合会中通过决议，冥王星被划为矮行星，从太阳系九大行星中除名，所以现在太阳系中仅有八颗行星。行星，太阳系天体的一类。指围绕太阳运行、质量足够大、呈球形或近似球形，并能通过引力清空轨道附近碎物的天体）之一，它是离太阳不太远也不太近的第三颗行星。它的周围有一圈大气，这圈大气组成它的最外一层，就是气圈。在这层气圈下面，就是大陆，大陆有些地方是由岩石组成的，大致占地球总面积的3/10，也就是石圈的表面。其余的7/10都是海洋，称为水圈。水圈的底

下也都是石圈。不过，在大海底下的这一部分石圈的岩石，它的性质和大陆上露出的岩石的性质一般是不同的。大海底下的岩石重一些、黑一些，大陆上的岩石轻一些，颜色一般也淡一些。

石圈不是由不同性质的岩石规规矩矩造成的圈子，而是在地球出生和它存在的几十亿年的过程中，发生了多次的翻动，原来埋在深处的岩石，翻到地面上来了。这样我们才能直接看到曾经埋在地下深处的岩石，也才能使我们想象到石圈深处的岩石是什么样子的。

随着科学不断地发展，人类对自然界的了解是越来越广泛和深入了，可是到现在为止，我们的眼睛所能钻进石圈的深度，顶多也还不过十几千米。而地球的直径却有 1.2 万多千米呢！就是说，假定地球像一个大皮球那么大，那么，我们的眼睛所能直接和间接看到的一层就只有一张纸那么厚。再深些的地方究竟是什么样子，我们有没有什么办法去侦察呢？有。这就要靠由地震的各种震波给我们传送来的消息。不过，通过地震波（由于地震而产生的向四外传播的波动。主要分为横波和纵波两种）获得有关地下情况的消息，只能帮助我们了解地下的物质的大概样子，不能像我们在地表所看见的岩石那么清楚。

地球深处的物质，与我们现在的生活关系较小，和我们关系最密切的，还是石圈的最上一层。我们的老祖宗曾经用石头来制造石斧、石刀、石钻、石箭等从事劳动的工具。今天我们不再需要石器了，可是，我们现在种地或在工厂里、矿山里劳动所需的工具和日常需要的东西，仍然还要朝石圈里要原料。随着人类的进步，向石圈索取这些原料的数量和种类越来越多了，并且向石圈探察和开采这些原料的工具和技术，也越来越进步了。

最近几十年来，我们从石圈中不断地发现了各种具有新的用途的原料。比如能够分裂并大量发热的放射性矿物，如铀（yóu）、钍（tǔ）等类，我们已经能够加以利用，如用来开动机器、促进庄稼生长、治疗难治的疾病等。将来，人们还要利用原子能来推动各种机器和一切交通运输工具的发展，要它们驯服地为我们的社会主义建设服务。

这样说来，石圈最上层能够给人类利用的各种好东西是不是永远取之不尽呢？不是的。石圈最上层能够供给人类利用的各种矿物原料，正在一天天减少，而且总有一天要用完的。

那么怎么办呢？一个办法，就是向石圈下部更深的地方要原料，这就要靠现代地球物理探矿、地球化学探矿和各种新技术部门的工作者们共同努力。另一个办法，就是继续找寻和利用新的物质和动力来源。热就是便于利用的动力来源。比如近代科学家们已经接触到的好些方面，包括太阳能、地球内部的巨大热库和热核反应热量的利用，甚至有可能在星际航行成功以后，在月亮和其他星球上开发可能利用的物质和能源，等等。

关于太阳能和热核反应热量的利用，科学家们已经进行了较多的工作，也获得了初步的成就。对其他天体的探索研究，也进行了一系列的准备工作，并在最近几年中获得了一些重要的进展。有关利用地球内部热量的研究，虽然也早为科学家们所注意，并且也已做了一些工作，但是到现在为止，还没有步入大规模利用地热的阶段。

人们早已知道，越往地球深处，温度越加升高，大约每下降33米，温度就升高1℃（应该指出，地球表面的热量主要是靠太阳送来的热）。就是说，地下的大量热量，正闲得发闷，焦急地盼望着人类及早利用它，让它也沾到一分为人类服务的光荣。

怎样才能达到这个目的呢？很明显，要靠现代数学、化学、物理学、天文学、地质学以及其他科学技术部门的共同努力。而在这一系列的努力中，一项重要而首先要解决的问题，就是要了解清楚地球内部物质的结构和它们存在的状况。

地球内部那么深，那么热，我们既钻不进去，摸不着，看不见，也听不到，那么怎么能了解它呢？办法是有的。我们除了通过地球物理、地球化学等对地球的内部结构进行直接的探索研究以外，还可以通过各种间接的办法来对它进行研究。比如，我们可以发射火箭到其他天体去发生爆炸，通过远距离自动控制仪器的记录，可以得到有关那个天体内部结构的资料。有了这些资料，我们就可以进一步用比较研究的方法，了解地球内部的结构，从而为我们利用地球内部储存的大量热量提供可能。

在这些工作获得成就的同时，现时仍然作为一个谜的有关地球起源的问题，也会逐渐得到解决。到现在为止，地球究竟是怎样来的，人们做了各种不同的猜测，各人有各人的说法，各人有各人的理由。在这许多的看法和说法中，主要的要算下述两种：一种说，地球是从太阳分裂出来的，原先它是一团灼热的熔体，后来经过长期的冷缩，固结成了现今具有坚硬外壳的地球。直到现在，它里边还保存着原有的大量热量。这种热量也还在继续不断地慢慢变冷。另一种说法，地球是由小粒的灰尘逐渐聚合固结起来形成的。他们说，地球本身具有热量，是由于组成地球的物质中有一部分放射性物质，它们不断分裂而放出大量热量。随着这种放射性物质不断地分裂，地球的温度，可能会渐渐升高，但到那些放射性物质消耗到一定程度的时候，就会逐渐变冷下去。

少年朋友们，从这里看来，到底谁长谁短，就得等你们将来成长为科学家的时候，再提出比我们这一代科学家更高明的意见。

我相信，等到你们成长为出色的科学家，以及跟着你们学习的下一代和更下一代的年轻科学家们来到世界的时候，人们一定会掌握更丰富更确切的资料，也将更广泛更深入地了解地球本身和我们太阳系的过去和现在的状况。这样，你们就有可能对地球起源的问题得出比较可靠的结论。

也可以相信，再经过多少年，人类必定会胜利地实现到星际去旅行的理想。那时候，一定会在其他天体上面发现许多新的生命和更多可以为我们所利用的新的物质，人类活动的领域将空前地扩大，接触的新鲜事物也将无穷无尽。这一切，都必定使人类的生活更加美好，使人类的聪明才智比现在不知要高多少倍，人类的寿命也会大大地延长，大家都能活到一百几十岁到两百岁或者更高的年龄。到那个时候，今天那些能够活到七八十岁的老人，在这些真正高龄的老爷爷眼前，他们也就像你们的教师在今天的老人面前一样，要变成年轻人了。

少年朋友们，你们想想，这么大的变化，多有意思啊！

我们不能光是伸长脖子，窥测自然界奇妙的变化，我们还要努力学习，掌握那些变化的规律，推动科学更快地前进，来创造幸福无穷的新世界。

成长启示

我们目前对地球的认识是有限的，但关于地球的知识是无限的，对于地球的探索也是没有止境的。我们要努力学习科学文化知识，提高自身的科学文化素养，为日后更广泛地探索地球、更好地保护地球贡献自己的力量。

要点思考

1. 我们可以运用哪些方法对地球的内部结构进行探索研究？
2. 关于地球起源的问题，人们做出了哪些猜测？

从地球看宇宙

导读

浩瀚的天空总是让人心驰神往，无论是炽热的太阳，还是皎皎的月亮，抑或是那点点繁星，都为广袤无垠的宇宙增添了一分神秘感。其实，今天我们眼中所见到的天空的样子，并不是它今天真正的样子，这是怎么一回事呢？

在宇宙空间中，分散着形形色色的天体和物质，它们都在运动，都在变化。就某种特定的形态而言，有的正在生长，有的达到了成熟的阶段，有的已经消逝。我们今天看到的宇宙，是其中每一团、每一点物质，在有关它们各自历史发展过程中的一个剖面的总和。这个总和，不仅具有空间的意义，而且具有时间的意义。其之所以具有时间意义，是因为分布在宇宙空间的天体和物质，距我们有的比较近，有的很远很远，尽管光的速度很快，可是这些光传递到地球需要长短不等的时间。因此，我们在同一时间，通过它们各自发出的辐射所获得的印象，是前前后后相差很远很远的时间的印象合起来的一幅图像，在这段相差很远很远的时间中，不但恒星、星系等的形象有所变化，它们彼此的相对位置，在几十万年，甚至几万年中，也大不相同。可以断定，今天我们所见到的天空的面貌，不是天空今天真正的面貌，有的已成过去，有些新生的东西，还要等待很久很久以后，才能在地球上看见。

天文工作者用来衡量宇宙空间距离的单位之一是光年。光的速度是每秒 2.997925×10^{5} 千米（约 30 万千米 / 秒），一年的时间内光的行程叫作一光年，即 9.46×10^{12} 千米（近 10 万亿千米）。近代天文工作者们用来观察宇宙的工具，有各种类型的望远镜，其中有大型反射镜，还有各种特制的光谱分析仪，可以用来测量发光天体的温度、组成物质和运动等。最近 20 年来，射电望远镜发展很快，利用这种工具的设计和使用，已经成了一项专业，叫作射电天文。射电望远镜实际上并不是什么望远镜，而是装上了特殊形式天线的无线电波接收器。第二次世界大战的后期，已经有人利用雷达装置侦察来袭的飞机和导弹，现在的射电望远镜，就是在雷达接收装置的基础上发展起来的。射电望远镜能探测的电磁波范围和光学望远镜不同，所以它所做的工作不能代替光学望远镜所能做的工作。

天文工作者们使用这些工具进行探索宇宙物质形态和运动已经多年了，他们逐步摸索出来一些观测和研究方法，获得了一些比较可靠的成果。

最近，宇宙飞行技术的发展，对天体，特别是对我们太阳系成员的研究（包括行星、卫星和彗星），提供了新的途径，发挥了其他方法所不能起的作用。对于恒星的观测，也起了某种作用，因为在地球大气之外，能接收和分析那些被地球大气滤掉而不能到达地面的 X 射线、γ 射线、远紫外辐射等。

成长启示

宇宙空间中的各个天体都在不停地运动和变化着，我们周遭的一切也在不断地发展和变化着。世界上没有一成不变的东西，我们要勇于接受新鲜事物，敢于迎接机遇和挑战，在变化中实现自我的成长和蜕变。

要点思考

1. 光年是用来衡量什么的单位？

2. 射电望远镜能代替光学望远镜吗？为什么？

地球年龄“官司”

导读

地球今年多大了？有人说，地球有 21.5 万岁了；有人说，地球是在人类出现以后才存在的；也有人说，早在公元前 4004 年，地球就已经被造好了……关于这个问题，天文学家、地质学家、物理学家各怀己见，莫衷一是。

地球的年龄，并不是一个新颖的问题。在那上古的时代早已有人提及了。例如迦勒底人（Chaldeans）的天文学家，不知用了什么方法，算出世界的年龄为21.5万岁。波斯的琐罗亚斯德（Zoroaster）一派的学者说，世界的存在只限于1.2万年。中国俗传世界有12万年的寿命。这些数目当然没有什么意义。古代的学者因为不清楚自然的历史，都陷入一个极大的误解，那就是他们把人类的历史、生物的历史、地球的历史，乃至宇宙的历史，当作一件事看待。意谓人类未出现以前，就无所谓宇宙，无所谓世界。

中古以后，学术渐渐萌芽，荒诞无稽的传说渐渐失去可信性。然而西元（旧时指公元）1650 年时，竟有一位有名的英国主教厄谢尔（Bishop Ussher），曾大书特书，说世界是西元前4004年造的！这并不足为奇，恐怕在科学昌明的今日，世界上还有许多人相信上帝只费了6天的功夫，就造出我们的世界来了。

从18世纪中叶到19世纪初期，地质学、生物学与其他自然科学同一步调，向前猛进。德国出了维尔纳（Werner）（德国地质学家、矿物学家，水成学派的创始人），英国出了赫顿（Hutton）（英国地质学家），法国出了布丰（Buffon）（法国数学家、自然科学家）、拉马克（Lamarck）（法国博物学家、生物学家，最先提出生物进化的学说，是进化论的倡导者和先驱）以及其他著名的学者。他们关于自然的历史，虽各怀己见，争论激烈，然而在学术上都有永垂不朽的贡献。俟后英国的生物学家达尔文（Charles Darwin）、华莱士（Alfred Russel Wallace）、赫胥黎（Huxley）诸氏，再将生物进化的学说公之于世。于是一般的思想家才相信在人类出现以前，已经有了世界。那无人的世界，又可据生物递变的情形，分为若干时代，每一时代大都有陆沉海涸的遗痕，地球历史之长，可想而知。至此，地球年龄的问题，始得以正式成立。

就理论上说，地球的年龄，应该是地质学家劈头的一个大问题，然而事实不然，赫顿以后，地质学家的活动，大半都限于局部的研究。他们对于一层岩石、一块化石的考察，不厌精详；而对过去年代的计算，都淡焉漠焉视之，一若那种的讨论非分内之事。实则地质学家并非抛弃了那个问题，只因材料尚未充足，不愿多说闲话。待到开尔文（Lord Kelvin）（英国物理学家）关于地球的年龄发表意见的时候，地质学家方面始有一部分人觉得开氏所定的年龄过短，他的立论，也未免过于专断。这位物理学家非但不顾地质学上的事实，反而嘲笑他们。开氏说：“地质学家看太阳如同蔷薇看养花的老头儿似的。蔷薇说道，养我们的那一位老头儿必定是很老的一位先生，因为在我们蔷薇记忆之中，他总是那样子。”（幽默有趣的语言，道出了不同学科关于地球年龄的激烈争论）

物理学家既做出这样的挑战，自然弄得地质学家到了忍无可忍的地步，于是地质学家方面，就有人起来同他们讲道理。

所以地球年龄的问题，现在成了天文、物理、地质三家公共的问题。

成长启示

早在很久以前，人们就开始讨论地球的年龄问题了，也纷纷得出了自己的结论。然而那些荒诞不经的说法缺乏事实依据，没有实际意义。我们在做判断、下定义之前，要根据实际情况进行周密的分析和思考，不能单凭想象妄下结论。

要点思考

1. 关于地球的“年龄”，不同时代的说法是怎样的？
2. 物理学家开尔文是怎样嘲笑地质学家的？

天文学地球年龄的说法

导读

从天文学的角度，几位科学家提出了一些有趣的学说。丹索倡言现在地球旋转的速度比古代慢；汤姆逊想方设法证明地球内部比钢还要硬；乔治·达尔文认为，月球是从地球脱离出来的，月球与地球的距离随着时间的推移越来越远……

1749年，丹索（Dunthorne）依据比较古今日食（月球运行到地球和太阳之间时，太阳光被月球挡住，不能射到地球上来，这种现象叫日食。太阳光全部被月球挡住时叫日全食，部分被挡住时叫日偏食，中央部分被挡住时叫日环食。日食都发生在农历初一）时期的结果，倡言现今地球的旋转，较古代为慢。其后百余年，亚当斯（Adams）对于这件事又详加考究，并算出每100年地球的旋转迟22秒，但亚氏曾申明他所用的计算的根据，不是十分可靠。康德在他宇宙哲学论中曾说到潮汐的摩擦力能使地球永远减少其旋转的速率，一直到汤姆逊（J. J. Thomson）的时代，他又把这个问题提起来了。汤氏用种种方法证明地球的内部比钢还要硬。他又从热学上着想，假定地球原来是一团热汁，自从冷却结壳以后，它的形状未曾变更。如若我们承认这个假定，那么由地球现在的形状，不难推测当初凝结之时它能保平衡的旋转速率。至若地球的扁度，可用种种方法测出。旋转速率减少之率，也可由历史上或用旁的方法求出。假若减少之率通古今不变，那么，从它初结壳到今天的年龄，不难求出。据汤氏这样计算的结果，他说地球的年龄顶多不过10亿年。但是他又说如若比1亿年还多，那么地球在赤道的凸度比现在的凸度应该还要大，而两极应较现在的两极还要平。汤氏这一回计算中所用的假定可算不少。头一件，他说地球的中央比钢还硬些。我们从天体力学上来看，倒是与他的意见大致不差；但从地震学方面得来的消息，就不能与此一致。况且地球自结壳以后，其形状有无变更，其旋转究竟是怎样的变更，我们无法确定。既然汤氏所用的假定有可疑的地方，那么他所得的结果，当然是可疑的。

乔治·达尔文（Geo. Darwin）（英国天文学家）从地月系的运转与潮汐的关系上，演绎出一种极有趣的学说，大致如下所述：地球受了潮汐的影响，渐渐减少旋转能，是我们都知道的。按力学的原则，这个地月系全体的旋转能应该不变，今地球的旋转能既减少，所以月球在它的轨道上旋转能应该增大，那就是由月球到地球的距离非增加不可。这样看来，愈到古代，月球离地球愈近。推其极端，应有一个时候，月球与地球几乎相接，那时的地球或者是一团黏性的液质，全体受潮汐的影响当然更大。据达氏的意见，地球原来是液质，当然受太阳的影响而生潮汐。有一时这团液质自己摆动的时期，恰与日潮的时期相同，于是因同摆的现象，摆幅大为增加，一部分的液质就凸出了很远，卒致脱离原来的那一团液质，成了它的卫星，这就是月球。当月球初脱离地球的时候，这个地月系的运转比现在快多了，那时1月与1日相等，而1日不过约与现在的3个小时相当。从日月分离以来，每月每日的时间都渐渐变长了。

近来张伯林（T. C. Chamberlin）（美国地质学家）等，考究因潮汐的摩擦使地球旋转的问题，颇为精密。他们曾证明大约每50万年1天延长1分钟。这个数目与达氏所算出来的数目相差太远了。达氏主张的潮汐与地月运转学说，虽不完全，他所标出来的地球各期的年龄，虽不可靠，然而以他那样的苦心积虑，用他在数学方面的聪明才力，发挥成文，真是堂堂皇皇，在科学上永久有他的价值存在。

成长启示

几位科学家关于地球年龄的说法虽然存在漏洞，但他们的观点都有相应的依据，他们为探索和发现而做出的种种尝试都值得肯定。培根曾说：“世界上有许多做事有成的人，并不一定是因为他比你会做，而仅仅是因为他比你敢做。”自古成功都在于尝试，勇敢地尝试便是成功的一半。

要点思考

1. 康德认为是什么使得地球减少了旋转速率？

2. 乔治·达尔文认为月球是怎样产生的？

天文理论说地球年龄

导读

日月升落，季节变迁，是我们早已司空见惯的现象，你可曾想过产生这些现象的原因是什么？一年之中，最冷的时节要数冬季了，那时白雪皑皑，万物都换上了银装。在漫长的岁月里，地球什么时候最冷呢？当时的世界是一幅怎样的景象呢？快去书中揭晓答案吧！

在讨论这个方法以前，我们应知道几个天文学上的名词。地球顺着一定的方向，从西到东，每日自转一次，它这样旋转所依的轴，名曰地轴。地轴的两端，名曰南北极。今设想一平面，与地轴成直角，又经过地球的中心，这个平面与地面交切成圆形，名曰赤道；与“天球”（为研究天体位置和运动，天文学上假想天体分布在以观测者为球心，以适当长度为半径的球面上，这个球面叫作天球。以地球为球心的叫作地心天球，以太阳中心为球心的叫作日心天球）交切所成的圆，名曰天球赤道。因为天球赤道与地球赤道同在这一个平面上，所以那个平面统名曰赤道平面。地球一年绕日一周，它的轨道略成椭圆形。太阳在这椭圆的长轴上，但不在它的中央。长轴被太阳分为长短不等的两段，长段与地球轨道的交点名曰远日点，短段与地球轨道的交点名曰近日点。太阳每年穿过赤道平面两次。由赤道平面以北到赤道平面以南，它非经过赤道平面不可，那个时候，名曰秋分。由赤道平面以南到赤道平面以北，又非经过赤道平面不可，那个时候，名曰春分。当春分的时候，由地球中心经过太阳中心作一直线向空中延长，与天球相交的一点，名曰白羊宫（Aries）的起点。昔日这一点在白羊宫星宿里，现在在双鱼宫（Pisces）星宿里，所以每年春分秋分时，地球在它轨道上的位置稍稍不同。逐年白羊宫的起点的迁移，名曰春秋的推移（Precession of equinoxes）。在西元前134年，希帕克斯（Hipparchus）已经发现这一事实。牛顿证明春秋之所以推移，是地球绕着斜轴旋转的结果，我们也可说是日月及行星推移的结果。春分秋分既然渐渐推移，地轴当然是随之迁向，所以北极星的职守，不是万世一系的。现在充当这个北极星的是小熊星（Ursae Minoris），它并不在地轴的延长线上。

拉普拉斯（Laplace）（法国数学家，天文学家和大地测量学家）曾确定一个事实，那就是地球受其他行星的牵扰，其轨道的扁度按期略加增减，有时较扁，有时与圆形相去不远。但是据开普勒（Kepler）（德国天文学家、物理学家）的定律，行星的周期，与它们轨道的长轴密切相关，二者之中，如有一项变更，其余一项，不能不变。又据拉格朗日（Lagrange）（法国数学家、物理学家）的学说，行星的牵扰，决不能永久使地球轨道的长轴变更，所以地球的轨道，即令变更，其变更之量必小，而其每年运行所需要的时间，概而言之，可谓不变。

阿得马（Adhemar）首创地球轨道的扁度变更与地上气候有关之说。勒威耶（Leverrier）又表示如何用数学的方法，可求出过去或将来数百万年内，任何时候地球轨道的扁率。其后克罗尔（James Croll）发挥这个学说甚详，并用勒氏所立的公式，算出过去 300 万年内地球轨道的扁度最大及最小的时期。

一直到现在，我们说的都是天上的话，这些话在地上果然应验了吗？地球的过去时代果然有冰期循环迭现吗？如若地质时代果然有若干个冰期，那么，我们也可用这种天文学上的理论来定地球各冰期到现今的年代，这件事我们不能不问地质学家。

天文学家这番话，好像是应验了。地质学家曾在世界各处发现昔日冰川移动的遗痕。遗痕最显著的就是冰川之旁、冰川之底、冰川之前，往往有乱石泥土，或成长堤型，或散漫而无定形。石块之中，往往有极大极重的，来自数千百里之遥，寻常河流的力量，绝不能运送那样大的石块到那样远的地方。又由冰川运送的石块，常有一面极平滑，而其余各面，则棱角峭砺，平滑的一面，又常有摩擦的痕迹。冰川经过的地方，若犹未十分受侵蚀剥削，则另有一种风景。比方较高的山岭，每分两部，上部嵯峨（山势高峻。嵯，cuó），而下部则极形圆滑。谷每成 U 字形。间或有丘墟罗列，多带圆长的形状。而露岩石的地方，又往往有摩擦的痕迹。诸如此类现象，不一而足，这是专业的地质学家的事，我们现在不用管它。

在最近的地质时代，那就是第四期（即第四纪）的初期，也可说是初有人不久的时候，地球上的气候很冷。冰川冰海，到处流溢。当最冷的时候，北欧全境，都在一片琉璃之下，浩荡数千万里，南到阿尔卑斯、高加索一带，中连中亚诸山脉，都是积雪皑皑，气象凛冽。而在北美方面，亦有浩大的冰川流徙：一支由拉布拉多（Labrador）沿大西洋岸南进；一支由基韦廷（Keewatin），向

哈得孙湾（Hudson Bay）流注；一支由科迪勒拉山系（Cordilleras）沿太平洋岸进行。同时，南半球也是一个冰雪漫天的世界，至今澳大利亚南部、新西兰、安第斯山脉（Andes Mountains）以及智利等地，都有遗迹。甚至热带的某些地方，如非洲中部有名的高峰乞力马扎罗山（Mount Kilimanjaro）的雪线，在第四期的初期，也是要比现在低5000多英尺（英美制长度单位，1英尺等于12英寸，合0.3048米）。

由第四期再往古代找去，没有发现冰川的遗痕。一直到古生代的后期，也就是石炭纪的中叶，在澳大利亚、印度、非洲、南美洲都有冰川流行。再往古代找去，又有许多很长的地质时代，未曾留下冰川的遗迹。到了肇生纪的初期，在中国长江中部、挪威、加拿大、澳大利亚等地，又有冰川现象发生。过此以往，地层上所载的地球的历史，到处都是极其模糊，我们再没有得到确实的冰川流行的遗迹。

成长启示

地球轨道的扁度变更与地上气候有关之说是由阿得马首创的，经勒威耶补充，后由克罗尔将这个学说发挥甚详。牛顿曾说：“如果说我比别人看得更远些，那是因为我站在了巨人的肩上。”许多科学家以前人的科研成果为基础，做出了伟大的科学研究。我们在学习和生活中，也要多多吸取他人的宝贵经验，达到事半功倍的效果。

要点思考

1. 什么是近日点？什么是远日点？

2. 冰川移动过的地方，往往呈现怎样的景象？

地质事实说地球年龄

导读

地球的年龄到底是多少？地质学家们根据冰期时留下的沉积物，纷纷给出了自己的意见，德基耳更是从瑞典南部的斯堪尼亚海岸开始计算沉积物的数量。然而地质学家推算出的地球年龄，与天文学家推算出的地球年龄至少相差6万年，究竟谁的推算更准确呢？

地质学家求最近冰期距现今的年限，共有几种方法。这几种方法之中，似乎以德基耳（De Geer）所用的最为精密而且最有趣味。在第四期的初期，挪威与瑞典全土，连波罗的海一带，都埋在冰里，前已说过。后来北半球的气候渐渐温和，那个大冰块的南头，逐年往北方退缩。当其退缩的时候，每年留下纪念品，所谓纪念品，就是粗细相间的停积物。

当春夏的时候，冰头渐渐融解。其中所含的泥土沙砾，随着冰释而成的水向海里流去。粗的质料，比如沙砾，一到海边就要沉下。而较细的质料，悬在水中较久，春夏流水搅动的时候，至少有一部分极细的泥土不能沉淀。到秋冬的时候，冰头冻了，水流止了，自然没有泥土沙砾流到海里来。于是乎水中所含的极细的泥土，也可渐渐沉下，造成一层极纯净的泥，覆于春夏时所停积的沙砾之上。到明年交春（立春），冰又渐渐融解，海边停积的情形又如去年。所以每一年停积一层较粗的东西和一层较细的东西。年复一年，冰头渐往北方退缩，这样粗细相间的停积物，也随着冰头，渐向北方退缩，层上一层，好像屋上的瓦似的。

德氏用了许多苦工，从瑞典南部的斯堪尼亚（Scania）海岸数起，数了 3.5 万层泥，属于冰期的末造。由冰期以后，一直到今日，约计有 7000 层的停积。然则由冰头退抵斯堪尼亚到今天，一共经过了 1.2 万年。斯堪尼亚以南的停积，为波罗的海所掩盖，德氏的方法，不能适用。再南到德国的境界，这个方法也未曾试过。冰头往北方退缩的速度，前后仿佛不是一致的，愈到北方，有退缩愈急的情形。比如在瑞典首都斯德哥尔摩（Stockholm），退缩的速度，比在斯堪尼亚已经快了 5 倍。按这样推想，冰头在斯堪尼亚以南的时候，比在斯堪尼亚应还要慢些，所以要退出与在斯堪尼亚相等的距离，恐怕差不多要 2500 年。那有名的地质学家索拉斯（Sollas），以这种议论为根据，暂定由最后的冰势最盛时代，到它退到瑞典南岸所费的年限为 5000 年，然则由最后冰期中，冰势的全盛时代到现在，至少在 1.5 万年以上，实数大约在 1.7 万年。在澳大利亚南部，地质学家用别种方法，求出当地自从最后冰期到现在所历的年数，也是 1.5 万 ~ 2.0 万年。两处的年数，无论是否偶然相合，总可算得一致。那么，我们应该承认这个数目有点儿价值。

现在我们看天文学家的数目与地质学家的数目相差多少，至少要差 6 万年。我们知道德氏的方法，是脚踏实地，他所得的数目，是比较可靠的。然则开氏的数目，我们不能不丢下。况且按天文学的理论，地球不能南北两半球同时发生冰川现象，而在过去时代，我们所知道的三个冰期，都不限于南北某一半球。更进一层说，假若开氏的理论是对的，那么，地球在过去时代，不知已经过几十百回的冰期，何以地质学家在地球上各处找了数十百年，只发现三回冰期。如若说是冰期的遗迹没有保存，或者我们没有发现，这两句话未免太不顾地质学上的事实，也未免近于遁词（因为理屈词穷而故意避开正题的话）。

原来地上的气候，与天文、地理、气象三项中许多的现象，有密切的关系。这三项现象，寻常互相调剂，所以地上气候温和。若是三项合起步调，向一方面走，那就能使极端热或极端冷的气候发生。比如，现在的西北欧，若没有湾流的调剂，虽不成冰期，恐怕与冰期的情形也要差不多了。总而言之，开氏一流天文学家所创的学说，如若不大加变更，大加修正，恐怕纯是纸上空谈，以他们的理论为根据去定地球的年龄，正是所谓缘木求鱼（《孟子·梁惠王上》：“以若所为，求若所欲，犹缘木而求鱼也。”用那样的办法来追求那样的目的，就像爬到树上找鱼一样。比喻方向、方法不对，一定达不到目的）的一段故事。

天文方面，既不得要领，我们现在就要问地质学家，看他们有什么妥当的方法。

成长启示

相对于开氏一流天文学家的纸上空谈，地质学家德基耳下了许多苦功，脚踏实地地去推测地球的年龄。无论是在学习还是在生活中，我们都要秉持脚踏实地的态度，不耽于空想，而要以求真的态度踏踏实实走好每一步。正如法国作家摩路瓦所说的那样：“一个人假如不脚踏实地去做，那么所希望的一切就会落空。”

要点思考

1. 冰头往北方退缩时，留下的“纪念品”是什么？
2. 地球南北两半球能同时发生冰川现象吗？

地球热的历史说地球年龄

导读

太阳让生活在地球上的我们感受到温暖，那么太阳的热又是从哪里来的呢？在哲学家莱布尼茨和康德看来，太阳因燃烧而生热；迈尔认为太阳的热是许多陨星向太阳里坠落的结果；亥姆霍兹则认为，太阳的热是其收缩发展出来的……

地球上何以这样的暖？我们都知道是那太阳，从古至今，用它的热来接济我们。然则太阳里这样仿佛千古不变的热力是如何来的呢？这个问题，已经费了许多哲学家和物理学家的思索。他们的思想，从历史上看来，自然是极有趣味，可惜我们没有工夫详细地追究，现在只好说一个大概。

德国有名的哲学家莱布尼茨（Leibnitz）同康德（Kant），都以太阳为一团大火，它所发散的热，都是因燃烧而生的。自燃烧现象经化学家切实解释以后，这种说法，当然不能成立。俟后迈尔（Mayer）观察摩擦可以生热，所以他想太阳的热，也许是许多陨星常常向太阳里坠落的结果。但是据天文学家观察，太阳的周围，并非常常有星体坠落，假若往太阳里坠落的星体如此之多，太阳的质量必要渐渐增加，这都是与事实相反的。

亥姆霍兹（Helmholtz）以为太阳的热是由它自己收缩发展出来的。太阳每年发散的热量，可由太阳的射热恒数（solar constant of radiation）求出。亥氏假定太阳当初是一团星云，渐渐收缩，到了今天，成一个球形，其中的质量极匀。他还算出太阳的直径每缩短 1‰所生的热量，可与它每年所失的热量的 2 万倍相当。亥氏据此算出太阳的年龄，大约在 2000 万年以下。如若地球是由太阳里分出来的，当然地球的年龄，比 2000 万年还少。开尔文对于这个问题的意见，也与亥氏相似，不过他相信太阳的密度愈至内部愈大。

据物理学家近来的研究，所有发射原质（元素）当发射之际，必产生热。又据分析日光的结果，我们早知道日中含有氦（He）质，所以我们敢断言太阳中必有放射性原质。因此，有许多人疑放射作用为太阳发热的主因。据最近试验的结果，1000 万克（grammes）的铀（U）质在“放射性平衡”之下，每 1 点钟能生 77 卡（calorie）的热，而同量的钍（Th）所发的热量不过 26 卡。太阳每 1 点钟每 1 立方米所发散的热，平均约 300 卡，这些热量，假若都是由太阳内的放射原质（如铀、钍等）里发出来的，那每 1 立方米的太阳原质中，应有 400 万克的铀。但是太阳平均每 1 立方米的质量只有 1.44×10^6 克，即令太阳的全体都是铀做成的，由这种物质所生的热仅相当于它所消费热量的 1/3。所以以放射性物质产生的热为太阳现在唯一的热源，所差未免太多。

据阿列纽斯（Arrhenius）的意见，太阳外面的色圈（chromosphere）（现称“色球”。色球是太阳大气的中间一层，颜色暗红。日全食时，明亮的光球被月球遮挡，肉眼可以看见色球），大概都是单一的物质集合而成的。它的温度，约在 6000℃ ~ 7000℃。其下的映像圈（Photosphere）（现称“光球”。光球是太阳大气最里层，太阳的光大部分从这里发出，肉眼看到的太阳就是这一层，太阳黑子和光斑等也都出现在这里）里的温度，或者高至 9000℃。愈近太阳的中心，温度愈高，压力愈大。太阳平均的温度据阿氏的学说计算，比它外面色圈的温度应高 1000 倍。在这种情形之下，按沙特力厄（Le Chatetier）的原则推测，太阳中部，应有特别的化合物，时时冲到外部，到温度较低的地方爆裂，因之生热。我们用望远镜往往看见太阳的表面有凸起的地方，或者就是这种冲出的气疣（yóu）。这种情形，如果属实，那么我们现在从热的方面，无法算出太阳自有生以来所历的年代。

关于这个问题，近年法国物理学家皮兰（Perrin）利用原子论和相对论做了一番有趣的计算。皮氏因为天文学家断定许多星云都是由氢气组成的，所以假定化学家所谓的种种元素都是由氢气凝结而成的。氢的原子量是 1.008，而氦的原子量是 4.00，那是由氢而变为氦，失掉若干质量，质量就是能力，这些能力当然都变成热。照这样计算，皮氏算出太阳的寿命为 10 万兆（一百万）年，地球年龄的最大限度，应为这个数目的若干分之一。但是我们若要从热的方面求地球自身的年龄，还不能不从地球自身的热量着想。

我们都知道到地下愈深的地方温度愈高。地温增加率随深度的多少而有所不同，浅处的增加率与深处的增加率当然也不等。据各地方调查的结果，距地面不远的地方，平均每深 35 米，温度增加1℃。

从这种事实，又从热能力衰退（degradation of energy）的原则着想，开尔文根据泊松（Poisson）（法国数学家、物理学家）的假说，追溯地球从前必有一个时期，热度极高，而且全体的热度均一，后来它的热能力渐渐发散，所以表面结壳，失热愈多，结壳愈厚。

成长启示

李四光曾说："科学尊重事实，不能胡乱编造理由来附会一部学说。"莱布尼茨和康德认为太阳的热因燃烧而产生，化学家没有一味附会这种学说，而是经切实解释后加以否定；迈尔认为太阳的热是由于陨星向太阳里坠落，天文学家经观察后，也以事实为依据，对其学说加以否定。我们应尊重客观事实，一切从实际出发，实事求是地看待问题。

要点思考

1. 对于太阳的热从何而来的问题，科学家们都提出了哪些猜想？

2. 亥姆霍兹是怎样推算太阳的年龄的？

地球之形状

导读

我们都知道，地球是一个不规则的椭圆球体。但是在很久以前，大家可不是这么认为的。在对地球的认识还不深刻的时候，人们都认为地球是一个平面，天空覆在上面。后来人们的认识是如何转变的呢？让我们一起去文中看一看吧！

昔日人类智识幼稚之时，咸以为地为平形，天覆其上，四海寰（huán）其周，天圆地方之说，大约由是以起。巴比伦及希伯来之谈天者，皆主张与此类似之说。诗人荷马（Homer）（古希腊诗人）亦道及“瀛寰”，其信地为平形，大海寰之，似无可疑。及人类智识渐渐进步，观察渐渐锐敏，乃逐渐识破地平之说与日常经验大相凿枘（záoruì，圆凿方枘的略语，比喻格格不入）。如人由南往北，或由北往南，见北极星宿迁移高度；又如船舶之向大洋中进行者，于“海天相接”之处，逐渐落于

地球究竟是什么形状？很久很久以前，生活在地球上的人们便开始了大胆的猜测。

水平线下，终至不可睹。其他尚有种种现象，皆足与人以地球之概念。

首倡地形如球之说者，似为毕达哥拉斯（Pythagoras）（古希腊数学家、哲学家）。其后经亚里士多德（Aristotle）（古希腊哲学家、科学家）多方论证，地球之说，始能成立。亚氏复引数学家计算之结果，谓地球之周，约长40万司塔底亚（即4.6万英里），然当时信之者固寥寥也。

新学说刚刚出现时往往不能立即被人接受，它的发展成熟一般要经历一段艰难曲折的过程。

纪元前250年时，埃及学者埃拉托斯特尼（Eratosthenes）始计划一种方法，以实测地球之形状，其结果虽不精确，而其方法则传至今日，测地家咸袭用之。

依重力之法则及远心力之关系，牛顿断定地球应成扁球之状，扁球之短轴即旋转轴，赤道一带稍形隆起，其长轴与短轴之比应为230∶229。惠更斯（Huygens）亦依重力之关系，推测赤道之径稍大，两极之径稍小，其比应为579∶578。1735年，法国科学院之科学专家为考察地球究竟是否成一扁球起见，特别组织两支考察队，一支赴秘鲁，测量赤道附近每一度所夹之弧长；一支赴波罗的海北部之波的尼亚湾（Gulf of Bothnia），测量近于北极方面每一度所夹之弧长；以两方所得之结果相比较，乃得证实地球之形确属一种扁球，或与扁

“纸上得来终觉浅，绝知此事要躬行。”实践才能出真知。

科学探究中，需要的就是这种打破砂锅问到底的精神。

球类似之形状，赤道一带隆起之度较大。

自兹以后，地球为一种扁形球体之说，学者虽认为已经证实，然究竟成何种扁形，则仍属疑问。雅可比（K. G. Jacobi）从动力学方面证明匀质流体旋转之时，其平衡之形状，不限于扁球，椭球之三轴成某一定之比，并在某一定旋转之时间者，若依其最短之轴旋转，亦可入于平衡之状态。地球为三轴椭球之说，由是而得力学上的根据。唯地球既非匀质之流体，则加氏之假定，似乎根本不能成立。况就现今大陆与海洋分配之情形而论，非独三轴椭球一见而知其不能与地球之表面符合，即任何数理上之形状，恐亦未能与地表实际之形状一致。

无已，吾人只可求一较为近似且较为简单之数理上的形式以为代表，是则舍扁球而外无他也。若由法、英、俄、印度、南非、秘鲁各处所测之子午弧线推算（照前法），则地球之短半径，亦即南北极方向之半径应为：6356583.8 米；

地球之长半径，亦即赤道之半径应为：6378206.4 米；

长短半径之比，亦即扁度应为：294.98：293.98。

关于地球之形状，据吾人所知，盖有如此。乃近日报传有某某三君，经数年研究之结果，否认地为圆形，并否认自转公转等事实，得某某商会之助，制成新式时辰表一架以定时刻，一若为世界上一大发明者。三君能将其破天荒之学说及其制造一公诸世乎？

"无稽之言，勿听；弗询之谋，勿庸。"言之成理，持之有故，以事实为证，方能得到众人的信赖。

成长启示

为了证实地球呈扁球状，科学家们专门组织了两支考察队赴秘鲁和波的尼亚湾进行实地考察；为了探究地球究竟呈何种扁形，科学家们又依据自己所学理论，进行了坚持不懈的探索。我国生物学家童第周曾说："科学世界是无穷的领域，人们应当勇敢去探索。"我们应当怀有勇敢的精神，积极主动地去探索大千世界的无穷奥秘。

要点思考

1. 是谁首次提出了地形如球之说？
2. 牛顿依据什么断定地球应呈扁球状？

地壳的概念

导读

人们常用“不知天高地厚”来形容人的骄狂无知，而今随着地质工作者的不断探索，人们对地壳的概念逐渐变得明晰起来。我们今天对地壳的认识究竟达到了什么程度呢？

原始地球，有些人认为表面有全球性的海洋覆盖，后来才划分海陆；也有些人认为，所谓全球性海洋，纯属无稽之谈，自从地球形成以来，有了水就有了海陆的划分，海与陆，是原始地球固有的表面形态。这两种设想，都是空想，都无可靠的根据，也不值得议论。我们现在谈地壳的问题，只好从实际出发，从地球表面现实的状态出发，这个现实的状态，至少在二十几亿年以前，已经基本上形成了。自此以后的地球，只是在有了岩石壳、陆地、海洋、大气的基础上向前的发展。

地质工作者所能直接观测的范围，到现在为止，只限于地球的表层。这个表层，只占地球表面极薄的一层。但是，构成这一薄层的物质和它结构的形式，却反映了地球在它长期发展过程中，内部和外部各种变化正负两方面的总和。

内部变化，主要是建造性的，但有时既有建造作用，又有破坏作用，例如岩浆（即炽热的熔岩）上升，或并吞和熔化上层某些部分，继而又凝固；或侵入上层，破坏了它的完整性，同时又把它填充、胶结起来，而成为一个新的、比较复杂的整体。外部变化，在大陆上，主要是破坏性的，而在海洋中，主要是建造性的。但有时与此相反，在大陆上某些地区，特别是在干旱和低洼地区，被破坏了的物质，积累起来而成为建造；在海洋中，由于海底潮流的作用，把已经形成的建造，部分地或全部冲毁，被潮流带到其他海域，再沉积下来。

所谓地球的表层，并没有明确的界线。概略地讲，就地质工作者直接观察的范围来说，在某些褶皱强烈的山岳地带，能观测的厚度不超过十几千米，而在另外一些地层平缓的平原地区，能直接看到的地层厚度就很有限了。这样的厚度，比起地球的半径来说，那是微不足道的。还必须指出，人们能直接观测的厚度，仅仅是地球表层的上部。表层究竟有多厚？也没有明确的界线，更谈不上地壳的厚度。但是，我们可以从这个能见到的表层中，找出与地球漫长的历史发展过程有关的资料。

很早以来，人们根据从地球的表层所得到的印象，逐渐形成了地壳的概念。随着地质科学的发展，地壳的概念逐渐变得比较明确了。但至今还很难指出全球地壳的厚度究竟有多大，控制地壳形态的主要因素又是什么。现在，综合各方面的探索结果，来看我们今天对地壳的认识达到了什么程度。

一、地热

有一种地球起源的概念，到现在还占着相当重要的统治地位。就是说地球原来是一团高温度的物质，逐渐冷却，在地球表面上结成壳子，这就叫作地壳。这样形成的地壳，从表面到地球的深部，温度就必然越来越高。从钻探和开矿的经验看来，越到地下的深处，温度确实越来越高。但地温增加的情形各地不同，同在一地又随深浅而有不同。地温每增加 1℃，往下进入的深度名叫地温增加率，在亚洲大致 40 米上下增加 1℃（我国大庆 20 米、房山 50 米），在欧洲绝大多数地区是 28 ~ 36 米增加 1℃，在北美洲绝大多数地区为 40 ~ 50 米增加 1℃。这个地温增加率，并不是往下一直不变的。假如，我们假定每深 100 米地温增加 3℃，那么只要往下走 40 千米，地下温度就可到 1200℃。现今，世界上各处火山喷出的岩流，即使岩流的熔点（晶体物质开始熔化为液体时的温度）因压力的增加而有所变化，温度也大都在 1000℃以上，1200℃以下。据实验结果，玄武岩流在 40 千米的深度下，它的熔点不过增加 60℃。这个数字，看来对熔岩影响甚小，对上述的 1000℃以上，1200℃以下的估计没有什么影响。根据地热的情况，地壳的厚度大约在 35 千米。

以上是从玄武岩的特点来推测地壳的厚度。现在从地球表面的热流和构成地壳各层岩石中所含放射性元素蜕变的发热量来探测一下地壳的厚度。地壳的上层，主要是由花岗岩类酸性岩石组成的，地壳的下层，主要是由玄武岩之类的基性岩石及超基性岩石组成的。

花岗岩之类酸性岩石，平均每 100 万克每年由铀发出的热量为 2.3 卡，由钍发出的热量为 2.1 卡，由钾发出的热量为 0.5 卡，即平均每 100 万立方厘米的花岗岩类岩石每年发出 13.7 卡的热量；玄武岩之类基性岩石以及其下的超基性岩石，平均每 100 万立方厘米每年发出 3.8 卡的热量，其中超基性岩所发出的热量，占极小的比重。

地球表面的热流平均值为每秒每平方厘米为 1.25×10^{-6} 卡（即每年每平方厘米 40 卡），除了特殊的地热异常地区或地带以外，这个数值，最小的不小于 0.8×10^{-6} 卡，最大的不大于 2.24×10^{-6} 卡。用平均热流的数值乘地球全部面积，即得每秒热流总量为 $1.25\times510\times10^{10}\approx64\times10^{11}$ 卡（$\approx$ 每年 20×10^{19} 卡），其中大陆方面占每秒 22×10^{12} 卡，即每年约为 7×10^{20} 卡。假定大陆壳上层的厚度为 18 千米，地壳下层厚度也是 18 千米，按上述地壳上下两层产生的热量计算，大陆壳产生的热量为每年 5.4×10^{19} 卡，差不多可以抵消它失去的热量的 80%；可是大洋方面的情况就大不相同，如果假定大洋底上面平均有 1 千米厚的花岗岩类岩石，其下有 5 千米厚的玄武岩（实际上在广大的太平洋底只有玄武岩），有人计算过，构成大洋底地壳的岩石产生的热量，抵消大洋底失去的热量不到 11%。

以上假定的大陆壳的厚度和海底地壳的厚度，当然是指平均的厚度，上述数据虽然不完全可靠，但也不是毫无根据，从地震观测所获得的大量事实（详文后见），与上述假定，大体上是相符合的。这样推测出来的大陆壳的厚度，与考虑玄武岩流所得出的厚度，也相差不大。

地球上自有生物以来，地面的平均温度，虽然有时发生较大的变化，如大冰期来临的时代，但至少最后三次大冰期并没有使比较高级的生物群灭亡，相反，有些新种族，得到了特别发育。这说明尽管地面平均温度下降了，但下降的幅度，不会太大。否则高级生物很难继续生存下去，更说不上有所发展。

按前述构成地壳上下两层岩石含放射性元素的特点和它们的厚度来估计，地壳中岩石的发热量，是不够抵消地球失掉的热量的。那么，只有使用地球固有的热量来代偿不够消耗的数额，或者在地球内部不断发生发热的变化，来补偿消耗，才能保持地球表面的温度，不至于不断下降；换句话说，在地热潜在储量的问题上，要地球"吃老本"，才能保持它的表面温度。这样一来，就会导致到一定的时候，地球会开始趋于衰老的结论。归根到底，地壳有不断加厚的趋势。

地球表面的热流量＝地温梯度 × 岩石传热率。

地温向下如何增加，决定于近地面的地温梯度和岩石的传热率，而近地面的地温梯度与地表温度有密切的联系，岩石的传热率基本上是不会变的，所以，如若地球表面温度没有显著的变化，地球表面的热流量也不会有显著的变化。然而事实上，地球表面的平均温度有变化，虽然变化不大，一般认为这种变化，主要是由太阳的辐射热决定的。

根据上述情况，我们可以说地球是一个庞大的热库，有源源不断的热流。

地热与地温是有密切关系的。地下的等温面一般不是平面，而是随地区和地带起伏不同，同时等温面之间的间隔也是各处不等。在等温面隆起的地方，间隔较小的地方，可以说是热异常区。这种热异常区的存在，是比较普遍的，但是直到现在也没有开展普遍的调查。在这种热异常区，取出地下储藏的热能是比较容易的。事实上，我们在钻井中已经遇到大量的热水向外涌出，热水的温度从四五十摄氏度到一百多摄氏度不等，这样，从地下取出热水并不限于热异常区，在其他必要的地区，也可以同样进行勘测和开发。从地下冒出的热水，往往还含有有用的物质，如若能够有计划地加以调查研究，在适当地点加以开发和综合利用，对祖国的社会主义建设，肯定有很大的好处。同时，在这一方面的工作，我们将会站在世界的最前列。

二、酸性和基性岩类的分布

火成岩的种类很多，就它们的化学性质来说，有些是以石英和其他含硅酸较多的矿物为主要成分的各种花岗岩类，属于这一类型，统称酸性岩类。另外，又有以橄榄石、辉石、角闪石等类矿物为主要成分的，有辉长岩、玄武岩、辉石岩、闪石岩、橄榄岩等，统称为基性和超基性岩。在这两个类型的岩石中间，还有许多种类的中性岩，其中以闪长岩和安山岩比较重要。从火成岩所在的地位来说，又有深成、中成、浅成和地面的区别。例如，一般认为，基性岩石特别是超基性岩，是深成的岩石，从它们的比重来说，深成的基性和超基性岩石比重较大（3.1~3.2），浅成的酸性岩石比重较小（2.8~2.9）。花岗岩的地位比较特殊，大部分是在地壳中较深而又不太深处形成的，因被侵蚀露出地面较多。在正常情况下，一般酸性的在上部，基性的在下部。

花岗岩的形成，有争论，现在还未解决。有的认为是地下的岩浆由于上升经过冷却而凝结的产物；有的认为是在地壳表层下面高温高压的条件之下，沉积、变质岩层经过变化而产生的。这两种对立的论点，使我们回忆起在地质学发展的初期，水成学派和火成学派的论战。不过，在今天争论的重大问题更多了。花岗岩化（指新近沉积的未固结的沉积物转变为花岗岩的复杂的过程）固然是其中之一，但不像火成学派与水成学派那样水火不能相容。由于花岗岩在地球表层的范围面积很大，而且某些矿床的分布往往与它有一定的联系，所以花岗岩的成因问题，现在还是论战比较激烈的。看起来，有的花岗岩确是由岩浆凝结产生的；而另外一些花岗岩，则是在高温和高压条件下，由别的岩石转变所形成的。

我们知道，地球平均比重是5.52，花岗岩平均比重是2.7，玄武岩平均比重是2.9~3.0，橄榄岩平均比重是3.3。由此可见，越到地球的深部比重就越大，基性岩就越占优势。再往下走，比重更大的物质成分，一定会随深度增加，否则不能达到地球的平均比重5.52。这样看来，在大陆上组成地壳的岩石，只能是比较轻的岩石，不可能达到橄榄岩的程度。所以，在大陆方面，一般认为把基性的岩层当作地壳的底部是比较合理的。

一般来说，构成地壳表面的岩石，绝大部分是属于酸性的岩石；沉积岩层和沉积变质岩层，仅仅是表皮的一层，其下绝大部分是花岗岩类的岩层。这些岩层中绝大部分的矿物成分是以硅和铝为主的矿物所组成的，因此统称为硅铝层。硅铝层以下的岩层，绝大部分是由以镁、铁、硅等元素为主的矿物所组成的，因此地壳下部的一层被称为硅镁层。

但是，在大洋方面的情况则有所不同。有些大洋，例如太平洋海底有大片面积铺着极薄的一层红泥、乌滓（其中含有大量海中浮游微体生物的壳片）。红泥的平均厚度不到 300 米。其下几乎全是由玄武岩构成的，就是说，不存在硅铝层。而在印度洋中的有些海域，发现了存在着较薄的硅铝层，其下主要还是由硅镁层组成。大西洋的情况又有些不同，大西洋底有较薄的硅铝层，看来是普遍存在的，其下还是硅镁层。根据上述情况，构成地壳岩石的性质，有这样一个比较显著的差异，即构成大陆上层的岩石，总体来说，比重较轻；而构成大洋底、特别是太平洋底的岩石则较重。这些岩石，不但主要的物质成分不同，结构形式不同，而且强度也有差别。所以，我们谈地壳，从岩石分布的观点来看，就不能不把大陆部分和海洋部分分别看待。

大陆的边缘，不是以海岸线为界的。大陆与大洋之间，经常有一个宽窄不等的过渡浅海地带，这个地带，往往是一个平缓的斜坡，有时有人称它为陆棚（或大陆架）。陆棚上的沉积物，绝大部分是由邻近的大陆输送而来的，其中生存的生物所赖以生活的物质，主要是由大陆上供给的。一般认为，大陆附近的浅海的深度为 130~140 米，至多不过 200 米。这个浅海地带的边缘，是大陆与海洋的界线。由此而下，海底斜坡坡度突然变得很大，称为深海，其中的沉积物和生存的生物与浅海有显著的差别。深海以外的海域，通属于大洋。

三、地震波穿过地球各层的速度

地震的震中，绝大部分深度不大，但也有少数地震是从地球深部发动的。每一次地震都发出三种不同的震波：第一种是纵波，又叫疏密波，它传播的方向和受震动的物质摆动的方向是一致的，好像音波一样；第二种是横波，又名扭动波，物质受这种波动而发生的摆动，并不与波动传播的方向一致，好像拿一条绳子让它摆动时，绳子各点摆动的方向和波动前进的方向是不一致的；第三种是表面波，这种波又分为两种，在此无须详述，它们仅仅在地面传播，当地震发生时，这种表面波破坏力较大。这三种波动传播的速率都不等，纵波最快，横波较慢，跟着来的就是表面波。所以，在离震中稍远的地方，它们到达的时间不同，因此从纵波和横波到达的时差，可以计算接收这两种波动的地点到震中的距离。

弹性物质传这两种波的速度，与它们物质的密度（比重）和某些弹性系数各有一定的关系。它们都是与传播物质的密度的平方根成反比例。因此，从震波传播的速度，可以推测传播它的物质的密度。

以上这些事实，经过无数次实践的经验完全得到了证实，从理论上也可以得到证明。

另外，根据实践的经验，我们知道，固体既可以传播纵波，又能传播横波，而流体只能传播纵波，不能传播横波。

地震波传播的速度，在地球上各处看来稍有不同。从事地震工作的人们所提出的数据，也不完全一致，同一个人在不同时间提出的数据也不完全一致。不过，总的说来，只是大同小异。

另外有人认为，最上一层大约 10 千米 ~ 15 千米，纵波传播速度大约每秒 5.6 千米，横波传播速度约每秒 3.2 千米，其下有不甚显著的不连续面，这个不连续面下的一层的厚度与上层大致相等，其传播速度是每秒 6.2 千米。深度 45 千米左右，传播速度突然增加，不连续情况，极为显著。

地球内部分层结构

分层		深度（半径） 千米	纵波（P）速度 千米 / 秒	密度 克 / 立方厘米	压力 （大致相当大气压）
地壳（大陆）		海平面（6371）	5.5	2.7 2.8 2.9	
莫霍不连续面		33（6338）			9000
地幔	上部地幔		7.9—8.1	3.32	
		50 250 } 低速度带	7.8 8.1		
		413—（5958）	8.97	3.64	140 000
		720（最深地震）			270 000
		980—（5387）	11.42	4.64	382 000
	下部地幔		13.46	5.66	
深部不连续面		2898=（3473）			1 368 000
核心	外核心	速度降低	8.10	9.71	
		4703—（1667）		11.76	3 180 000
	过渡层		10.31		
		5154—（1216）		大约 14	大约 3 300 000
	内核心	6371（中心）	11.32	大约 16	大约 3 600 000

从上面的数据，可以看出：

（1）地震波在地球中传播的速度，一般越到深处越大。

（2）速度不是均匀增加的，而是达到某些深度时突然增大，达到核心表面又显著地减少。在那些深度，构成地球物质的性质显然有所变化，一般越深越重。

（3）这种突然变化及不连续的现象，标志着地球内部可以划分为若干个同心的球形圈，其中，最上一圈的厚度，一般认为是 33 千米 ~ 45 千米，但有的地方较厚，如西藏高原（指由昆仑山脉、横断山脉和喜马拉雅山脉所围绕的梨形大高原）达到 60 千米以上，而另外有些地方，厚度较薄，最薄的地方不到 30 千米，个别地区更薄。这个最上的一圈，就是地壳。

（4）所有不连续面中，有两个不连续面特别值得注意。一个不连续面，有时称为莫霍面；另一个是深度在 2898 千米的不连续面，有时称为古登堡不连续面。这个不连续面以上，直到地壳的底部之间的球形圈，统称为地幔。地幔以下的部分，统称为地球核心。

（5）到现在为止，还没有得到横波穿过地球核心的可靠记录。

（6）在 2898 千米的不连续面以下，地球核心各圈的密度虽然增加很快，但传播纵波的速度，反而比在地幔下部传播的速度显著地降低。

如若把地震波传播的速度和前述酸性岩和基性岩，即硅铝层和硅镁层的分布情况结合起来考虑，似乎硅铝层和硅镁层或硅镁层的上部，都应属于地壳的组成部分。这样，就可以说，地壳的厚度，除了某些大洋或大洋中某些区域以及大陆上某些区域以外，大致可以认为，平均厚度不出 30 千米 ~ 40 千米的范围。这个数字，同地热方面推测的数字大致符合。

四、均衡代偿现象

由于地球自转的关系，地球表面的形状，不是理想的球形，而是一个扁球形。两极的直径稍短，赤道的直径稍长，两者相差的数值大约为赤道直径的 1/297。因为地球表面形状是个扁球，所以纬度每隔 1°，在地面上的平均距离是随纬度各不相等，每一纬度与次一纬度在地面的差距是 0.021 千米。测量纬度的方法，都是以垂直线为标准，而垂直线不能不受质量分布的影响。

假如在同一经度上，两点之间或两点附近有大山脉存在，这时候垂直线受了大山脉的侧面吸引力，测量仪器的垂直观测线就不是真正的垂直线，而是稍向山脉倾斜。如果观测的两点在山脉一边，那么，近山脉的一点，垂直线倾斜较大，远山脉的一点倾斜较小。这些倾斜角度，都可以用重力比较精确地计算出来，然而据实际观测远星定位的结果，与按重力计算的结果不相符合，因此根据远星测量两点间的距离，往往和实际在地面丈量出来的两点间的距离不一致。

1709 年 5 月 18 日，康熙命天主教耶稣会神父雷孝思等人测制东三省地图，先从辽东入手，东北至鱼皮达子（这里指赫哲等族的聚居地，也作赫哲等族的旧称）。1710 年，康熙复命进至黑龙江，是年 12 月 14 日图成，实地丈量，尽到最大的努力，用三角法递推互较，并测定纬度，但经度则是约推。在当时的条件下，可算是比较精密的，而其结果是地图的某些部分衔接不起来。当时认为其原因是仪器不够精密或观测方法不够准确，实际上并不是这样，而是没有考虑到重力变异的影响。这次经验，第一次揭露了地面丈量与经纬度测量两种方法之间的矛盾，明确了由此而得出的差距，可惜当时只是抓住了现象，而没有接触到问题的实质。

在印度北部靠近喜马拉雅山测量的结果，发现了由于喜马拉雅山的吸引力对垂直线的影响，只占山应有的吸引力的 1/3。在南美洲及其他地区也发现了类似的现象。甚至有人测量因山的吸引力而发生的倾斜，不仅为 0，有时还为负数。这样看来，大山是个“空壳子”，否则它的质量到哪里去了？这里显然存在一个很值得注意的问题。

另外，在高山顶上进行测量，也发现了类似的现象。在高山的顶上，重力的数字应该是从海平面上的数字，减去由于山的高度而失去重力，加上由于山的质量而增加的重力数字，这两项数字，都可以精确地计算出来。这个实测的结果证明，山顶重力数字接近于山不存在的数字，那么，山的质量到哪里去了？

山不可能是“空壳”，构成山的岩石不可能无质量，而计算所得的结果，又是根据重力的规律得出的，也不可能有重大的错误。有两种不同的想法用来解决这个矛盾：一种是，认为大山只是漂浮在地壳上部，一部分露在地面，一部分伸入地下，因为造山的岩石，主要是属于硅铝层的岩石，也就是较轻的岩石，地下硅镁层的岩石较重，如若山的地下部分，插入较重的岩层所在的地位，好像冰山浮在海上那样，那么，因为山的存在对重力所发生的影响，就可以这样抵消了；另外一种看法，认为一个山的密度（单位体积的重量）在地下可能按一定的规律增加，增加到一定的时候，它和侧面岩层的比重相等，这样，因山的存在而对重力产生的影响，也可以抵消了。这样造成的抵消面，叫作均衡代偿基准面。

照第一种的看法，山是有根的。就是说地面上高低不等的地区，就造山的岩石来说，在它的表面和底面，有相应而又相反的形象。照第二种的看法，抵消基准面是与地球中分层的球面大致符合的。长期以来实践的经验，导致人们多数倾向于第二种看法，但在某些高山和高原地区，第一种看法，是更切合实际的。

这种由于地形的高低不等，而没有发生应该发生的重力变更现象，叫作地壳均衡现象。之所以发生这种现象，主要是由于有关地区岩层上下的密度发生变化，或者高山、高原较轻岩层插入地下，而得以补偿。然而，补偿一般都不完全，由此就出现了所谓重力异常的现象。在很多地方和地带，我们可以比较精密地测出重力异常区或异常带分布和伸展的情况，这对埋藏在地下的矿产资源和构造形态的探索来说，是有效方法之一。

大陆壳的上部由硅铝层构成，下部由硅镁层构成；大洋底部的上层有时平均有 1 千米厚的硅铝层，其下由 5 千米厚的硅镁层构成，有时无硅铝层。如果大陆壳和海底壳完全达到均衡的状态，在地表高低不等的地区，则地壳上下各层岩层密度的分布和各层高低的对比，各有差异，而均衡代偿基准面所在的深度，则应该都是一致的。有人选择了几个有代表性的柱状剖面表示这种关系，每一柱状剖面左侧数字表示岩层厚度，右侧数字表示各层平均密度。把这些平均密度乘以相应的厚度直到深 50 千米处，即得在这个深度处的压力。这个压力，对每一个柱状剖面都是相等的，例如对大洋底部来说，5 × 1.03（海水）+1 × 2.4（沉积物）+5 × 2.9（地壳下部的硅镁层）+39 × 3.3（地

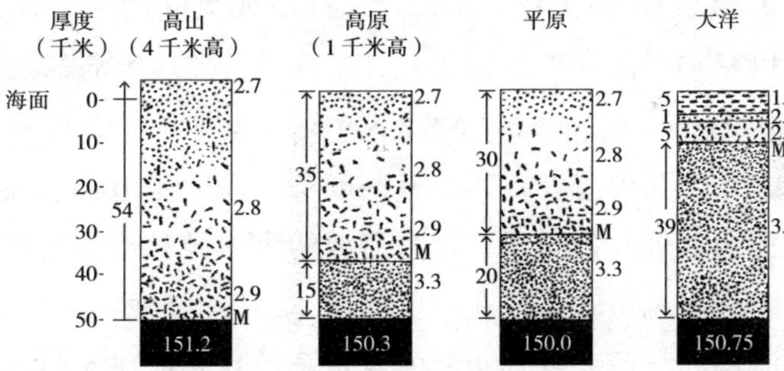

四个典型柱状剖面表示莫霍面（M）和均衡代偿基准面的相对位置

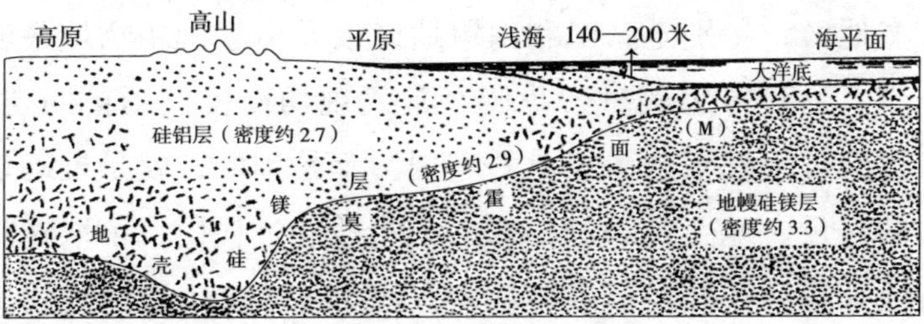

大陆和大洋两方均衡代偿现象示意剖面图（密度单位：g/cm³）

幔上部硅镁层）=150.75。对其他各个柱状剖面，都可以照样计算出大致相等的数字。

这样，就是说，在高度不同的地区，地壳的厚度不同，硅铝层和硅镁层的厚度各不相同，莫霍面的深度也各不相同。在大洋中，莫霍面约在海面下 10 千米，而在大陆上接近海平面的平原地区和高原地区，地壳的总厚度为 30 千米 ~ 36 千米。这个厚度就是莫霍面的深度。均衡代偿基准面在地幔表层以下。

以上是在地壳各部分完全达到了均衡代偿的条件下做出的估计。事实上，地壳各部分均衡代偿现象是极不平衡的。有些地壳部分，如太平洋底部，总体来说，与邻近的大陆之间，比较接近于均衡，但在它的周围一带和邻近的大陆地带之间，地壳高低起伏，相差很大。例如，邻近东亚大陆的太平洋海域中，从堪察加半岛—千岛群岛—日本列岛—琉球群岛的沿岸直到菲律宾迤［yǐ，往；向（表示在某一方向上的延伸）］东，存在着一条地球上最长最深的海沟，其中有些部分，深度比 10 千米还大，邻近的岛屿地带，都呈现着极为显著的重力异常带，这种重力异常带，明显地反映出，在这些地域，连印度尼西亚群岛及其迤南的海沟和新西兰及其东北的克尔马德克海堤和汤加海沟等地带在内，地壳远没有达到均衡代偿的要求。同样，在大陆上有许多地区，特别是高山和高原地区以及由新沉积物填平的低凹地带，通过重力测量，我们经常发现均衡代偿不良的现象。是什么力量干扰了这条规律的实现？不是别的，就是推动地壳运动的力量。地壳各部分，都在不断地通过代偿，争取达到均衡，地壳运动，倾向于破坏均衡；地壳各部分争取达到均衡的倾向，可以引起有关的局部地区发生升降运动，但在地质时代的任何时期，它不可能成为发动全球性大规模地壳运动的有力因素。

成长启示

地球的内部变化既有建造性作用，又有破坏性作用；外部变化在大陆上主要发挥破坏性作用，而在大洋中主要发挥建造性作用。任何事物都具有两面性，不是绝对的，我们要学会用辩证的眼光，一分为二地看待问题。

要点思考

1. 硅镁层主要由哪些矿物组成？
2. 纵波、横波和表面波相比，哪一种传播速度快？

浅说地震

导读

提起地震，我们脑海中总会浮现满目疮痍、亲人离散的画面，地震极大的破坏力总是令人畏惧，也激起我们对地震起因的强烈好奇。其实，地震是地壳运动的一种表现，也是能够预测的。了解地震的有关知识，能帮助我们更全面地认识地震现象。

地震能不能预报？有人认为，地震是不能预报的，如果这样，我们做工作就没有意义了。这个看法是错误的。地震是可以预报的。因为，地震不是发生在天空或某一个星球上，而是发生在我们这个地球上，绝大多数发生在地壳里。全球一年大约发生地震500万次，其中95%是浅震，一般在地下5千米～20千米。虽然每隔几秒钟就有一次地震或同时有几次，但从历史的记录来看，破坏性大甚至毁灭性的地震，并不是在地球上平均分布，而是在地壳中某些地带集中分布。震源位置，绝大多数在某些地质构造带上，特别是在断裂带上。这些都是可以直接见到或感到的现象，也是大家所熟悉的事实。

可见，地震是与地质构造有密切关系的。地震，就是现今地壳运动的一种表现，也就是现代构造变动急剧地带所发生的破坏活动。这一点，历史资料可以证明，现今的地震活动也是这样。

地震与任何事物一样，它的发生不是偶然的，而是有一个过程。近年来，特别是从邢台地震工作的实践经验看，不管地震发生的根本原因是什么，不管哪一种或哪几种物理现象，对某一次地震的发生，起了主导作用，它总是要把它的能量转化为机械能，才能够发生震动。关键点，在于地震之所以发生，可以肯定是由于地下岩层在一定部位突然破裂。岩层之所以破裂又必然有一股力量（机械的力量）在那里不断加强，直到超过了岩石在那里的对抗强度。而那股力量的加强，又必然有个积累的过程，问题就在这里。逐渐强化的那股地应力（物体由于外因或内在缺陷而产生形变时，在它内部任一截面单位面积上两方的相互作用力），可以按上述情况积累起来，通过破裂引起地震；也可以由于当地岩层结构软弱或者沿着已经存在的断裂，产生相应的蠕动；或者由于当地地块产生大面积、小幅度的升降或平移。在后两种情况下，积累的能量，可能逐渐释放了，那就不一定有有感地震发生。因此，可以说，在地震发生以前，在有关的地应力场中必然有个加强的过程，但应力加强，不一定都是发生地震的前兆，这主要是由当地地质条件来决定的。

不管那一股力量是怎样引起的，它总离不开这个过程。这个过程的长短，我们现在还不知道，还有待在实践中探索，但我们可以说，这个变化是在破裂以前，而不是在它以后。因此，如果能抓住地震发生前的这个变化过程，地震就是可以预报的。

可见，地震是由于地壳运动这个内因产生的。当然，也有外因，但它不起决定性作用。所以，主要还是研究地球内部，具体地说，就是研究地壳的运动。在我看来，推动这种运动的力量，在岩石具有弹性的范围内，它是会在一定的过程中逐步加强，以至于在构造比较脆弱的处所产生破坏，引起震动。这就是地震发生的原因和过程。解决地震预报的主要矛盾，看来就在这里。

这样，抓住地壳构造活动的地带，用不同的方法去测定这种力量集中、强化乃至释放的过程，并进一步从不同的途径去探索掀起这股力量的各种原因，看来是我们当前探索地震预报的主要任务。

地应力存不存在？我们一次又一次，在不同地点，通过解除地应力的办法，变革了地应力对岩石的作用的现实状况，不仅直接地认识了地应力的存在和变化，而且证实了主应力，即最大主应力以及它作用的方向，处处是水平的或接近水平的。从试验结果看，地应力是客观存在的，这一点不用怀疑。瑞典人哈斯特，他在一个砷矿的矿柱上做过试验，在某一特定点上的应力值，原来以为是垂直方向的应力大，后来证实水平方向应力比垂直方向的应力大 500 多倍，甚至有的大到 1000 倍。

构造地震之所以发生，主要是由于地壳构造运动。这种运动在岩层中所引起的地应力与岩层之间的矛盾，它们既对立又统一。地震就是这一矛盾激化所引起的结果。因此，研究地应力的变化、加强到突变的过程是解决地震预报的关键。抓不住地应力变化的过程，就很难预言地震是否发生。

成长启示

通过了解地震的有关知识后，我们知道了地震并不像我们想象的那么神秘，它只是地壳运动的一种表现，它的发生不是偶然的，而是可以预测的。我们现在已经对地震有了一定的认识，但是还无法在短期内准确地预测地震。我们还要认真学习科学文化知识，长大后为防震减灾事业做出自己的贡献。

要点思考

1. 破坏性大的地震在地球上是平均分布的吗？
2. 地应力究竟是否存在呢？

燃料的问题

导读

柴米油盐酱醋茶，是我们生活中的必需品，而柴位于这七件必需品的首位，可见燃料对于人们生活的重要性。古时候，家用的主要燃料是木柴，随着时代的发展，煤炭和石油成为主要燃料，走进了千家万户。

自从人类知道用火以后，维持日常生活，最重要的物质，除了食料，恐怕要算燃料，至文化幼稚的时代，所谓燃料者，只是树木草卉；燃料的用途，大部分也不过烧一烧食物。到了物质文明发达的今日，无论燃料的种类或用途，花样可多了。试想我们日常穿的、用的东西，有多少不是直接或间接靠火力造成的？试想这世界上有多少地方，假使冬天不生火，还可以居住的？从香水胰子（肥皂）说到飞机大炮，我们能举出多少件与燃料绝对没有关系的东西？是的，什么叫作物质文明，简直就是燃料里烧出来的。

这一件日常生活的必需物，这一种物质文明的老祖宗，久已成了世界上攘夺的目标，国际政策影射的焦点。法国人一定要

抓住鲁尔可以说完全是为这样东西。日本人拼命掠夺我们的东三省，并且还垂涎山东、山西，一部分的缘故，也在这里。燃料的问题，既是如此的重大，我们当此准备建设的时期，当应有充分的考虑。

燃料的种类很多。现今通用的，就形式上说，有固质、液质、气质三项的区别；就实质上说，不过木材、煤炭、煤油三大宗。其余火酒、沼气、草、粪（中国北方就有地方烧粪）等类，比较起来，究竟分量很少，用途也极狭隘。实际上算不算燃料，都没有多大的关系。

现今中国的工业，说好听一点儿，不过刚刚萌芽。所需要的燃料，大部分都是供家常的消耗。所谓家常的消耗，大部分就是烧菜、煮饭、点灯而已。这一类的消耗，看起来是很小的事。然而那无数的穷民，为了这一类的事，已经劳苦万状，有时候竟求之不得。乡下人向来把他们需要的东西，按紧急的程度，分了一个次序，叫作柴米油盐酱醋茶。他们偏偏要把柴搁在头一位。这是不是说柴有时候比米还重要呢？除了大荒年的时候，有钱总买得着米，然而在某些地方，有钱竟买不着柴。米荒有人注意，柴荒却从来没有人过问。这种奇怪的习惯，犹之乎有了厨房，不管茅厕一样的。

刚才说在特别的地方有钱买不着柴。其实我们要到乡下去看一看，就知道那样的事情并不是很特别的。现在全国的矿业还是如此的幼稚，交通又是如此的不便。乡下人所用的柴，恐怕99%还不止都是柴草。一生居住在都市的人们，也许不明白个中的实情，像我们乡下的穷人，才知道什么叫作“一粒的艰难，一草的辛苦”。费了九牛二虎之力，弄出两斗黄米，几升黑面，要是没法儿烧熟，叫我们怎样吃得下去。

然则要救济柴荒，有什么办法？一言以蔽之，曰造森林。请看中国的土地如此之大，荒山荒野如此之多，除了那自生自灭的野草以外，还有什么东西长在山上？这岂不是证明中国人连栽几棵树的能力也没有吗？不错，这几年来，大家都有点儿觉悟，每逢清明的前后，全国的什么衙门、官署、公共机关，美其名曰植树节，闹得不亦乐乎。究竟植树的成绩在哪里？像这样闹了20年的植树节，恐怕不会有两棵树长成的。

森林的培植，当然不仅仅为了供给燃料。要制造木材原料，要防止山陵的崩泻，河流的壅塞，造成幽美的风景，都非借森林的力量不可。在北方广漠的地方，如果能造成巨大的森林，竟能多少影响雨量，也是说不定的事。

森林的利益，谁都知道，用不着多说闲话。现在的问题是用什么方法，大规模地造林。更紧要的问题是，种了树以后，如何培植，如何保护。这自然是政府的责任，否，是政府应该请专家负担的责任。奖励造林，保护森林的法令，固然不可少；怎样造林，造什么林等技术方面的问题，也得及早研究。力大吹不响喇叭，石灰坑里养不活水仙花。不知道土壤的性质，不知道植物的特性，不管害虫的繁殖，不管植物生长的生态（Ecology），瞎干，蛮干，即使花上十年八年，也不会得着什么结果。

因为说起家用的燃料，我们便说到森林。其实今天最重要的燃料，还是煤炭和煤油。

现今这个时代，还是煤铁时代。创造物质文明的原动力，最大部分就是出在煤身上。那么，要想看中国工业将来的发展，第一步恐怕就得考虑中国究竟有多少煤存在地下。煤是不能生长的东西，用了就完了。如果我们想保护将来的工业，决不可把我们大好的煤田随便糟蹋了。开煤矿是比较简而易举的工业，只要运输上有了办法，不愁它没有市场。所以假使我们要想从工业方面，实施中山先生的民生主义，头一件事，恐怕就免不掉建设铁路，开发几个大的煤田。英国的工业发达史，已经给我们一个很好的例证。

因为中国的矿业，还没有发达；又因为中国的矿产，还没有进行详细的调查（近年来，虽然北京地质调查所有了很多调查结果，大部分的人还不曾知道），一班人还在那里做梦，以为中国“地大物博”，矿产是取之不尽，用之不竭的。实际地讲起来，中国的金属矿产，除了特种的矿物（如锑、钨等类）外，并不能算丰富，比起美国，那是差多了。唯有煤矿，无论就质的方面说，还是就量的方面说，都算不错。就质的方面说：中国的无烟煤，差不多要占中国总煤量的 1/4，烟煤要占 3/4。就量的方面说：我们现在虽然不能说出一个很精确的数目，然而也曾有人估计一个大概。据民国十年（1912 年 1 月 1 日中华民国成立，定 1912 年为民国元年。民国十年即为 1921 年），北京地质调查所的报告，各省地下储煤的总量，以兆吨为单位，大致如下：

直隶	二三七〇
奉天	九八五
热河	九三〇
察哈尔绥远	四六〇
山西	五八三〇
河南	一七六五

山东	六八五
安徽	二〇五
江苏	一九〇
江西	八一五
浙江	一二
湖北	一三
湖南	一六〇〇
四川	一五〇〇
陕西	一〇〇〇
甘肃	一〇〇〇
黑龙江	一六〇
吉林	一六〇
云南	一二〇〇
贵州	一三〇〇
福建	一五〇
广西	五〇〇
广东	三〇〇
总计	二三四三五兆吨

（上表中涉及的部分地名今日对照如下：直隶，现指河北省。奉天，即辽宁省。热河，中国旧行政区划的省份之一，目前位于河北省、辽宁省和内蒙古自治区交界地带。察哈尔绥远，察哈尔是中国旧行政区划的省份之一，现指河北张家口市、山西大同市一带；绥远现位于内蒙古自治区中部。上表各省地下储煤的数量合计为二三一三〇兆吨，与上面的数据有出入，疑有误。）

以上的估计，未免失之太谨。要是宽一点儿计算，也许总数可以增一倍，那就是说中国储煤的总量，打宽一点儿，大概有4.5万兆吨。平常看起来，这个数目，可算得不小。在工业还没有萌芽的今日的中国，每年消费的煤量不过20兆吨左右，这些煤，已经够我们用几千年。可是要和美国的总储煤量比较，全中国的储煤量，不过抵其1/4！这是许多人做梦都想不到的事。我们的工业发达起来的时候，煤的消费量自然也要增加。再过两三代人，中国最大的矿产——煤——难免不产生问题。然而产不产生问题，是将来的事。现在的问题，是如何爱惜它，如何利用它。

在前文中，我们有几件事应该注意：北方的煤量，比南方差不多多一倍。山西一省的煤量，差不多要占北方各省总量的1/3。山西煤最好的出路是青岛。那么，很明白了，为什么日本人要和军阀勾结，侵略山东，觊觎山西。

在采煤的当地，比如山西的大同阳泉、河南的六河沟，一吨煤不过值两三元。但在上海、汉口等处，一吨煤有时涨到二三十元，平常也要十几元。这完全是运输不便的缘故。采煤事业，既然是比较轻而易举的，靠得住的有利的实业，将来铁路的布置，就应该以开发几个主要的煤田为计划中的一件重要的根据。

煤的用途很多，里面的副产物都很贵重。假定以前所说的话是对的，假定在我们发展工业计划中，采煤是应先举办的事业，当此准备建设的时期，我们对于全国的煤，就应该有一番彻底的调查和研究。如果来得及，设立一个专门研究煤的机关，纯粹从科学方面着手，也未尝不可。那样一来，全国各大学各专门学校一部分的毕业生，还愁没有事干吗？何必要请学化学的去做此事呢？

以上是关于煤方面的话题。摩托发明之后，世界上燃料的需要发生了新花样，摩托需用液质的燃料。航空事业的骤然发展和海军设备更新以后，摩托的总马力数也骤然增加。这样一来，弱小民族所有的油田，又成了国际政治上一个重要的争点。英国人死命地想抓住波斯的巴库，向来不关轻重的加利西亚，现在大家都往那里鼓眼挥拳，就是为了这个玩意儿。

中国的油田，到现在还没有好好地研究。我们只听说陕西的延长和四川的自流井一带，有井油（即石油）或盐井油（打井喷出的气、热水和盐卤混合物）。但是出量颇不见佳。虽然民国三年（1914 年）的时候，美孚油行在陕北的延长、肤施（指现在的延安）中部三县钻了 7 口 3000 尺（长度单位，10 寸等于 1 尺，10 尺等于 1 丈。1 市尺合 1/3 米）以下的深井，然而结果并不甚好，他们花了 300 万元，干脆地走开了。但是美孚的失败，并不能证明中国没有油田可办。就道路的传说，从新疆北部的乌苏、绥来、迪化（即今新疆维吾尔自治区首府乌鲁木齐）、塔城一直到甘肃的玉门、敦煌镇等处都有出油的模样。苏俄近来一再派人到新疆去做“科学的考察”，说出来大大方方，骨子里恐怕是鬼鬼祟祟，为了油矿罢。

中国西北方出油的希望虽然最大，然而还有许多其他地方并非没有希望。热河据说也有油苗，四川的大平原也值得好好地研究，和“四川赤盆”地质上类似的地域也不少，都值得做一番考察。不过油田的研究，到一定的步骤，非花一宗大资去钻探不可，在一贫如洗的中国，现在要像美孚那样，花掉两三百万元不算一回事，恐怕没有一家私人的企业敢说那一句话。那么，这种事业，只好用国家的力量去干。

有一种石头，名叫含油页岩。这种石头，经过破坏蒸馏以后，也可多少取出一些油质。现今世界上因为煤油的需求很大，而攒油的供给有限，有若干地方已经开采了这种含油页岩，拉它来蒸馏。日本人在抚顺现在就是用他们海军省的力量去干这件事。中国其他的地方，是不是出产此种岩石，这是要请教中国地质学家的。

总而言之，燃料的问题，无论在日常生计上，还是大规模的工业上，都是再紧要不过的问题。我们不说建设就罢了，要讲到建设，对于这一件劈头的问题，马上就得想法子解决。到了世界上的煤和煤油用尽了的时候，科学家也许会利用原子以内的能力，也许会直接利用太阳的热能，也许有其他的方法代替燃料。不过在现在这个时期，在今日的中国，说那一类的话，还早着呢。

成长启示

森林为人们生活带来的利益毋庸置疑，我们需要护林、造林。关于如何造林，作者认为“力大吹不响喇叭，石灰坑里养不活水仙花”，造林之前要充分了解土壤和植物的性质，并考虑到害虫的繁殖和植物生长的生态。我们做事也是如此，要充分认清事物的特性，根据实际情况来做事，尽量巧干，避免瞎干、蛮干。

要点思考

1. 为了缓解柴荒，作者提出了什么解决方法？

2. 各国为什么往向来不关轻重的加利西亚那里鼓眼挥拳？

现代繁华与炭

导读

正如草木具有生生不已的势力一样，人类也在时时刻刻谋求发展，用种种方法以求繁华。什么是现代繁华最大的凭借呢？在作者看来，是煤炭等天然势力。世界上煤炭的资源是不是无限的？煤炭能生长吗？我们是否能寻找一种资源来代替煤炭？对于这些问题，作者提出了自己的见解。

一、欧美“文化”的曲子

诸位同学，前天有几个朋友邀我到这里来讲演。我一想，这倒是极有趣味，但是极不容易的一件事。我有什么把握，可以在诸位面前大言不惭地讲经说法？今天时间不多，本不容说闲话。但是我们看世界上有许多人把世界上的事往往平常看过。甚至讲到学术，大家也就不知不觉守一种人云亦云的态度。人类进步甚慢的很大原因，恐怕就在这里。我们倘若想脱离这种积习，这种束缚，不可不先存一种气概。诸位苦心志，劳筋骨，到欧洲来求学，自然是抱着一种气概，这令人佩服。但是我所说的气概，与这个意义有点儿不同。我的用意，是要我们互相勉励，互相警戒，凡遇着新境象、新学说，切不可为它所支配，为它所奴隶。我们还要分析它，看它究竟是怎么一回事。既到学术场中，心只管细，胆只管大，拿着主脑［思想的法则——Logique（王星拱译Logique为逻辑）］，就是那纷繁错乱的世界，天经地义的学说，都不能吓倒我们。从前在中国有人问孔，就被斥为异端，现在讲学，不会出现这样的事情，诸位尽可放心。即使这样，我们也万不可故意与人家辩驳，与人家捣乱；或者逞一己的偏见，固执自豪；或者好作奇谈，沽名钓誉。那种狂谬的行为，非独不是勇猛精进的正道，而实在是一种精神病；已远出自由讲学的正轨。真正讲学的精神，大概用一句话可以概括，那就是为真理奋斗。

我方才含糊地说了新境象三个字。什么叫作新境象？从实地看来，我们现在所处的境遇，可算得是一个新境象。这境象与我们朝夕不离。所以我们切不可为它所蒙昧，我们应该冷眼观察它，并且详细地分析它。我曾听得许多人讲，我们中国人初到欧洲的时候，大概不免为这边的“物质文明”所牵动。中国人大半都说中国所缺的也就是这个“物质文明”。然则什么叫作文明？什么东西为造成这种“物质文明”最紧要的原料？今天我原来是想同诸位讨论第二个问题，但是第二个问题牵涉第一个。所以对于第一个问题也不能不约略地讲几句。

诸位都知道，“物质文明”这四个字在中国是一个新名词。讲点儿新学的人没有几个不把它当作一个口头禅用。至于说到这个名词所包括的东西，我想没有两个人意见完全相同。倘若一定要追求它的意义，大家不过糊糊涂涂地说那轮船、火车、飞机大炮之类，就是“物质文明”的器具。这些器具动起来的时候，就成了一种“物质文明”的表见。我想一般欧美人对于“物质文明”的观念也不过如是。或者有人要将那人类社会的许多机关也加在“物质文明”里去。是否得当，我都不敢说。这样看来，“物质文明”这个名词，并没有一个一定不易的定义。

再进一层想，物质两个字，是对精神两个字说的。既说有物质文明，当然可说有精神文明。然则精神文明与物质文明的区别是什么？有人说一切性情及意识的活动，都属于精神界，故感情及思想上的产物，如乐谱著述之类，皆为精神文明的表见。试问这样关涉情意的活动，能否超脱物质？又试问种种物质的东西及其活动，能否脱离无影无形的自然法则及生物的意识？任我现在怎样想，也想不出一种绝对的是精神上的东西，也想不出一种绝对的是物质上的东西。物理学家都认为宇宙之间，无处不有一种弹性完全的东西，名叫“以太”[古希腊哲学家所设想的一种媒质。17世纪时为解释光的传播以及电磁和引力现象又重新提出。当时认为：光是一种机械弹性波，其传播媒介是称为以太的弹性介质。它无所不在（包括真空和任何物质内），没有质量，但有极大的刚性，而又“绝对静止”。但19世纪以来所有寻找以太的实验都归于失败]。某物理学家讲可见的物质，是以太中发生的不可见的事故。不可见的以太，倒是实在的一种东西。这是纯粹物理学上的问题。我们今天就是想讨论，也绝讨论不了的。现在姑且勿论物质究竟为何，精神物质两元的设想（Dualisme），总有许多地方想不通的。我们既不能决定精神的东西与物质的东西是否不即不离，又不敢遽然（突然。遽，jù）说它们是一种东西的两个面子。所以无由区别精神的文明与物质的文明。

说到文明，诸位还要许我讲几句闲话。我们初到巴黎，看到这里的房子如此之大而且华丽，街道如此之宽而且清洁。天上飞的，地下跑的，瞬息万变。我们就吃了一惊。到了休息的日期，那大街上人山人海，衣冠文物，一齐都摆出来了，我们又吃了一惊，不独惊讶，而且心里不知不觉生出一种钦慕之感，以为欧洲的文化实在是胜于中国。过了几天，也觉得没有什么了不得的，以为欧洲的文明，不过如此。这两种感想，都有一点儿道理，但都是极粗浅浮泛的。仔细一想，就知道他们的文化的根源，在另一个地方。在什么地方？在他们的脑袋里。他们尊重伦理，严守秩序，勇于对人对物的组织等情形，比起中国那无法无天，胡闹一顿，是有点儿不同，是文明些。如此说来，与其称现代欧美的文化为物质文明，不如称之为广义机械的文明。至于由这种抽象的机械所生的种种现象，如各样的建造以及各种熙熙攘攘的情形，最好是另用一个名词代表，我想无妨称它为繁华。

我原来想把今天讨论的题目叫作“物质文明与炭”。但是因为物质文明四个字的意义暧昧如前所述，所以不得已将题目改为现代繁华与炭。文明不文明，与我们今天没有关系。繁者对简而言，华者对实而言。由简趋繁，由实之华，仿佛是自然的趋势。枝节虽多，根本却是没有极大的变更。譬如有树，一入冬天，就枝叶零落，状如枯槁；但是春夏再至，茂盛蓬勃，又如去年。是可见树木繁华的状态，是一种生生不已的势力的表现。每遇有适宜的机会，如气候温和、肥料充足等条件，它就发泄出来了，条件不对，它又收藏如故。

然则什么是最有利的条件助长现今人类的繁华？人类用种种方法以谋繁华，正如那草木常具生生不已的势力，时时刻刻要求发展，这是人类自己的事，草木自己的事。如若外面的机缘不适，情形不对，那么发展是会受到很大阻碍的。我方才说要同诸位讨论什么东西为造成“物质文明”最紧要的原料，倒不如说什么东西是现代繁华的最大的凭借。这个东西就是我们大家都知道的天然势力（现通称为“能”）。天然势力的种类虽多，但是可以供人类役使的，至今我们只知有流行不已的热势力（即热能）。人类所用的其余各样的天然势力，大概都是由热势力换来的。热势力为人类所做的事，实在不少。广而言之，如若没有热势力流行，地球上今天恐怕没有这种种生物，自然连人类也是没有的。但是与我们现在的问题相关的，并不是那广大无边的热势力，乃是集注于一地的热势力。在一定的地方集注的热势力愈大，它发展出来的时候，情形愈是激烈。所以人类活动的程度，造出的繁华，当然是与他所操纵的热势力集中的程度成比例的。我们现在可以举出几件事实，大家就知道我们现在的生活，与这种集中的热势力的关系是如何密切。

试问我们这一座房子是什么东西造成的？最紧要的材料就是砖瓦、木料、玻璃等。砖瓦、玻璃都是用火烧成的。木料是直接犹如火一般的太阳送来的光线养成的。然则没有这样的激烈热势力，我们这个房子就住不成了。诸位同我是如何到这里来的？坐轮船、坐火车、坐电车来的。轮船、火车、电车如何能动？因为有一架或几架中央的热机关。我这一件衣服的原料是如何做成的？是机器织成的。机器为什么旋转？我想后面必有一架热机推它。所以我们如若不会用或不能用集中的天然热势力，今天这回事恐怕不会发生。请诸位再到巴黎繁华场中看看，无论是事是物恐怕没有什么不是直接或间接由热势力造出来的。然则这样激烈的热势力是由什么地方来的？极小部分是由煤油（这里所说的煤油，即石油）产生的，大部分是由煤炭产生的。

现在我们就要问世界上的煤炭是不是有限的？是不是可以生长的？若是有限，若是不能生长，到了世界煤炭用完了的那个时候，或者就是有也极不容易开采的那个时候，我们是不是可以发现一种势力的储蓄物或一种势力的渊源来代替煤炭？这些问题就是我们今天的问题。

煤油有限极了，由地质学上考究起来，我们确知世界上的煤油远不及煤炭的多。所以最要紧的问题还是在煤炭，不在煤油。现在内燃热机日盛一日。到了没有煤炭的日子，煤油一定早没有了。英国地质学家拉姆齐（A. C. Ramsay）早已警告英国人，他说如若英国每年消费煤炭的量将来不减，不过二三百年，英国三岛就没有炭可挖了。英国地下所藏的煤炭渐渐减少，工业渐渐困难的问题，杰文斯（W. S. Jevons）早已论过。岂独英国为然，哪一个所谓文明的国民不是用许多人拼命地挖炭，中国有许多煤厂，不但没有用新法开采，而且没有一个详细的调查。所以我想今天借这个机会，把中国煤厂分布的情形，就我所知道的约略一述。

二、中国煤厂分布的情形

说到地下煤层分布的情形，我们已经侵入地质学的范围。诸位中大约是没有学过地质学的，所以现在最好是先把地壳构成的情况略谈一谈。为什么不说地球而说地壳？因为关于地球结壳以前的历史，我们还没有确当不易的知识。康德早已说到这个问题，但讲得不完备。自法国有名的天文学家拉普拉斯以星云（Nébuleuse）之说解释太阳系的由来以来，种种关于地球的由来的学说，逐渐演出。论到枝枝节节，虽是众口纷纷，莫衷一是。而关于大概的情形，大家的意见似乎相同。地球的初期无所谓球，大约是一团气汁。历时既久，这气汁自然地渐渐冷缩。它的表面结成硬壳，高低不平。壳上的空气中所含的气渐凝为水，于是海陆划分，于是种种地质学上的现象发生。地质学上所讲的地球史，顶多也不过是从那时候起。

地质学上的现象这几个字要更费解。我们都知道那做文章的人常用“坚如磐石”“安如泰山”等成句。意若曰那磐石泰山是千古不变的。这个观念，完全错了。仔细考察起来，我们就知道有许多天然的力来毁坏它们，来推移它们。它们朝夕受冰霜凝解、热度变更的影响，渐渐疏解；又受种种化学的作用，渐渐腐坏，加以风雨的摧残，河流的冲击，无一时不受剥蚀，无一时不经历变迁，何安之有？那些已经破坏的岩石，或为块砾，或为沙泥，散在地面。久而久之，都为雨水河流洗到湖海里去，一层一层地停积起来。据种种考察，现今海底停积物的成分粗细，与其所停积的地方有关系。在海滨停积的东西，大概沙砾居多，离海滨愈远，沙砾愈少，泥质愈多。而在大洋底的停积物，往往为石灰质或矽质。这种石灰质或矽质，大都是海中的生物［有孔虫类（Foraminifera）、放射虫（Radiolaria）、硅藻（Diatom）等］的遗骸造成的。这样看来，地表变迁的现象可分三项：剥蚀，转运，停积。陆地常遭剥蚀、潮流河流或风力专司转运、海底常主停积，这三项现象，自然是有连带的关系。

还有许多现象是由地里发生的，最明显的就是火山爆裂、地震、地裂等事。这些剧烈的现象，是人人都知道的，更有缓慢的现象不容易观察。比方，在海滨往往有古代人工所造的泊船码头，今日远出海面；又时有森林的遗迹，今日淹没于海湾。此类的事实，不一而足。这种事实何以发生？诸位想想。那自然是因为海面与陆地做一种相差的运动，或是不一致的运动。我们有许多其他的凭据证明这些变迁并不是因为海面的升降，而必是因为陆地的起跌。所以我们知道这个地皮是动摇不定的。只因动得极慢，所以人都不知不觉。是的啊！就是我们现在的地方，自地球上有生物以来，不知道已经沧桑几变。

以上所说的各种现象，都落在地质学的范围里，都是经过许多的经验、许多的观察分别出来的，既非想象，又非学说，主使这些现象的力，现在就在运行。我们既知道这些现象的原原本本，再来由已知求未知，就现在推过去。这当然是考究地球历史的一个正当方法。但是过去的现象已经过去，我们有什么路径去寻它？我们因为能通一国的文字，所以能读一国的历史书，由那历史书上的种种记录，就得以知道那一国的历史。这件事含着两个紧要的条件:（一）先要得一部历史书。（二）那历史书中一页一页的图画文字我们要能懂。现在我们已经有了一部大书，专写地球自结壳以来的历史。那书是什么？就是地壳。关于第一个条件，我们是已经满足了。但是说到第二个条件，就有种种的难题发生。地质学家关于地球的历史争来争去，说来说去，总离不了这些难题。想解决这些难题，我们不能不借用各种科学公共的根本法则。那就是相似的原因必发生相似的结果，时与地没有关系。这个大法则，可算得是科学家的上帝。假使我们把现今地面各处发生的地质或地文学上的现象搜集起来，连贯起来，我们就不难定夺某某原因发生某某结果。北方冰川经过的地方（因）常有带痕迹的岩石（果）；河流经过的地方（因），常遗沙砾之类

（果）；火山爆发的地方（因），常有喷出的岩片、岩灰或岩流等物（果）；气候炎热的地方（因），往往生长特别的动物植物，如鳄鱼、椰子之类（果），过去地面及地壳里的种种变迁，也留下种种结果。变迁的情形现在虽不可见，而变迁的结果至少有一部分，幸而存在天然的博物馆中，记在天然的地质历史书中。如若前面所说的科学根本法则有效，我们应该可以准确推断现在因果相循之规律，按过去地面及地壳里所生长出种种结果的次序，追求过去地质现象继续的情形。如陵谷的变迁，海陆的转移，气候寒暑的更迭等事，都在能研究的范围以内。过去地面及地壳里所生出的种种结果是什么？那就是各样各层的岩石。这些岩石一层一层地倒在我们的脚下，正如那历史书一页一页地摆在我们的面前。

岩石可概分为三种：一曰递积层，亦曰水成岩。这种岩石，是由粉细或块粒的物质一层一层地结合而成的。依其结构成分，定出种种名目，如由石灰质构成的岩石名叫石灰岩，与今日大洋里的停积物类似。泥质而能分成薄层的名叫页岩，由沙砾固结而成的名曰砂岩、砾岩，这些与今日的浅海或浅水里的停积物相似。二曰凝结岩亦名火成岩。这种岩石，大半都是由大小的晶片凑合而成的。与今日火山里喷出的岩流及冶炼炉中所出的渣子相类，大概是极热的岩浆因冷却凝结而成的。三曰变形岩，前两种的岩石，有时一部分或全部变其原来的面目。如递积岩与火成岩相接的处所往往呈结晶之象；又如地球上有许多极古的岩石，其结构往往错杂不堪。时带条纹，仿佛是曾历大热或巨压。最有趣的就是那第一次岩石中，常有生物的遗痕遗像或化石。地质学家统称这样的东西为化石（Fossile）。比方现在我们由巴黎这个地方挖下去，在接近表面的地层中所发现的化石，有许多种族

还生存于今日的海中。愈到下面的地层中，奇形怪象的生物遗像愈多。与现今世界上生存的生物相似的愈少。据这种生物群变更的情形及地层构造的情形，地质学家把地壳的历史分作若干段。中国的历史中有三皇五帝、秦朝、汉朝、唐朝、明朝等时代的名目。地质历史中亦有许多时代的名目。这些名目之中有许多是全世界所公用的。现在我按着这些时代新古的次序，从上至下把它们的名目列举出来。

新生世 Kainozoique	第四纪 Quaternaire	
	第三纪 Tertiaire	
中生世 Mésozoique	枯烈纪 Crètacé	
	侏罗纪 Jurassique	
	三叠纪 Triasique	
古生世 Paléozoique	二叠纪 Permien	一名多煤纪
	葮蓬纪 Carboniferien	
	地否纪 Devonien	
	塞鲁纪 Silurien	
	阿多纪 Ordovicien	在中国名震旦纪 Sinien
	堪步纪 Cambrién	
肇生世 Protérozoique	在中国名五台－南口纪	
混沌不分		

说明：此处列举的时代名目与现在的叫法有所不同。枯烈纪，今译白垩纪；葮蓬纪，今译石炭纪；地否纪，今译泥盆纪；塞鲁纪，今译志留纪；阿多纪，今译奥陶纪；堪步纪，今译寒武纪。

自肇生世以至今日，不知经过几亿年。自有地球以来，更不知经过了若干亿年。我们现在确实知道的有两件要紧的事：第一是以前所列举的时纪都是很长很古的。就生物的变迁一端着想，我们就知道这句话是不错的。在堪步纪以前的岩层中，世界各地除北美几处外，迄今未曾发现确实无疑的化石。到了堪步纪的时候，各种海洋生物“忽然”繁殖。到塞鲁纪的末叶，最初的有脊动物——鱼类始行出现。在二叠纪的时候，鸟类乃生。在中生世两栖类颇盛。在第三纪哺乳类散布全球。那哺乳类中最进步的猴类头脑渐渐进化，到了第三纪的末叶第四纪的初期，真正的人类——属于 Hominidae（人科）族才出现，在人类历史学家看来，古石期已经古不堪言。而在地质学家看来，人类初出现的那个时期，是最新最近的，如昨天一般。

第二是每一纪有一段岩层为之代表。由理想判断，那些岩层，层位愈下的所属的时代当然愈古。然则何以高山之巅，如中国的泰山、秦岭、南山，往往露出极古的岩石？谈到这个问题我们不能不考究地层的构造。诸位在山边海岸，想曾见过露出的地层。那些地层，多半不是皱了折了，就是断了裂了。平平整整如一本书一页一页排列下去的是很少的：因为这样的情形，所以在实地勘察地质有许多难处。

现在我们把以前所说的话再来通盘一想，既说是一处的地层，可分作几段，各段中所含的生物的遗像及各段岩层的性质，往往绝不相伦。然则这样的变迁是如何使然的？从前有一派学者说，这是因为过去的时代地面经过几次剧变（Cataelysmisme），如洪水滔天之类，把当时的生物都扑灭了，好像中国每朝的末造，必定发生许多流贼杀人放火的事件。自英国赖尔（C. Lyell）（英国自然科学家，地质学的奠基人）唱匀和之说（Uniformitarianism）（地质学理论，即一切地质变化都是在漫长的过程中逐步完成的，现称为“均变论”）以来，大多数的地质学者都认为剧变之说欠妥。匀和之说较为得当。匀和之说意指过去各时代的地质变迁，大都是渐渐的，并不是猝然的。过去地壳上变更的情形与现今我们所目睹的情形，无论就种类而论，或程度而论，大概没有许多不同的地方，这样的说法，有很多事实为之证明，但是也有一个限制的。比方肇生世的时候与现今比较，到底异同若何，实在是一个悬案，在肇生世以前更不待言。

地质学上的种种根本问题既已约略地点缀，现在可以上题说煤炭了。由岩石学来看，煤炭是一种递积岩。因为它一层一层地夹在砂岩、页岩或石灰岩之中，就其构造而论，与其余的递积岩并没有大分别，其造成的原料是由古代植物来的。地球上各处的气候时时变更。各种植物每逢宜其生长的机会，它们就生长。气候愈适（如热湿等情）生长愈盛且愈速。那些植物之中，自然有一部分还未到完全腐烂分解以前，被河流洗到湖沼海湾，埋没于泥沙之中。久而久之，全体碳化，成了我们今天所用的煤炭。有许多人以为煤炭在地下愈久，其质愈变纯净，这个观念是不对的。因为煤炭的成分大约是依原来的植物的种类为转移，比方烟煤永世不会变成无烟煤。照这样看来，我们敢断言两件事：第一是地下的煤炭绝不能生长，也绝不会变更；第二是煤炭的生成须特别的气候，特别的情形，并须极长的时期。即令现在有生煤的机会，生煤的地方，待煤成了的日子，不知人类已经变成了一种什么怪物。

在中国共有五个地质时代造了煤炭，最古的为“地否纪”。

属于这个时代的煤层很少。据莫诺说他曾在贵州西南方的兴义县附近见过。据我看来莫诺所获的化石，还不足以确定时代。所以他所说的地否纪煤层究竟是不是属地否纪还待考究。其次为多煤纪。这一纪前后所造的煤比其余各纪都多。世界各处的煤层也以这一纪所造的为最多。中国北方的煤炭除辽河流域附近、山西大同、直隶斋堂等地外大都属于此纪。扬子江中下游各省以及浙江、福建、广东各处所出的煤，一大部分是属于此纪的。再次为三叠纪。川东云贵所出的煤多属于此纪。再次为侏罗纪。属于此纪的煤层见于大同、斋堂、四川及扬子江中下游数处。最后的造煤时代为第三纪。第三纪的煤炭仅见于东三省及云南蒙自等处。东北那有名的抚顺煤矿，就是最好的代表之一。

中国各省的煤矿，迄今还没有完全的调查。我们现在所知道的大都是由外国的矿业杂志或外国人在中国的地质调查记里得来的。以下所说的中国煤矿分配的情形，未免近于东鳞西爪，七零八落。数年前中国地质调查所的丁文江已着手调查。我们希望丁君不久就把他调查的结果详细地告出来。（后有删节）

三、将来利用天然势力的机会

这个题目太大，绝不是一口气可以说完的。现代的科学还在幼稚时代，对于这个问题并没有一个切实的解决方法。所以我们在此所讨论的难免不是举一漏百。所举的方法，究竟有多少价值，还有疑问。这也不必管它，因为我们今天的目的并不是求几个完全的解决。我们的目的，第一是要使大家知道这个问题有研究的必要，第二有些什么路径可以研究下去。

地球上流行的天然势力，就我们现在所知道的，从其由来着想，可分作几项:（一）源于天体的运转者;（二）源于原子的爆裂者;（三）由太阳送来的势力。这三项之中，似以第三项最为紧要。

先说第一项。地球每自转一周，海洋各处对于月球的位置，时时刻刻不同。每公转一周，对于太阳的位置，又时时刻刻不同。所以同一处的海水受日月的引力，时时不等，潮汐由是而生。但是月球距地球较太阳距地球近多了，引力的强弱是与两个物体相隔的距离的自乘（同数相乘）为反比例的。所以潮汐的起落，与各处对于月球之位置关系密切。一年之中，有时月球引力之方向与太阳引力之方向相同，那个时候，潮汐起落之差最大。春潮之所以发生，就是因为那个道理。关于潮汐的起落，有一件事，往往为人所误解。那件事就是，许多人都以为仅仅是地球距月球最近的那一面的海水，被月球吸起所以潮汐上升。殊不知正与月球反对的那一面也有潮汐上升。这是什么道理？要追究这个道理，我们不能不追究引力的法则。大家都知道两个物体间引力的强弱是与两个物体的质量为正比例，与其间之距离之自乘为反比例。

地球之各部分对于月球之位置不同，那就是两者之间距离不同。距离既不同，所以各部分所受之引力强弱不同。离月球愈远的部分，它所受的引力愈小。所以假若地球全体是水做成的，那个地球受了月球的引力，必然变成一个椭球。那个椭球的长轴，必然与月球所在之方向大概一致。但地球的全体并不是水做成的。陆地虽受月球的引力，却是昂然不拔。而海水为液体，不得不应月球所在之方向，流来流去。所以潮汐之往来在海陆相接之地最著。

潮汐之流动，就是一种动势力（Kinetic Energy）的表现。倘若在海峡海滨用适当的方法，设相宜的机关，这种潮流的势力，未尝不可收拾储蓄，供人类的役使。这个机会，是略有一点儿科学知识的人都知道的。但是还没有一个可以实行的计划。这种研究，自然应落在水力工程学及土木工程学的范围里。

再说第二项。化学家经过了许多的试验，证明一切物质是由分子集合而成的。每一个分子，是由一种或数种原子以一定的数目，依一定的配置相依而成的。寻常所谓化学的变化，都不影响原子的构造。所以从化学上看来，原子可算得是不可复分的东西。但是近来物理化学家又发现了一种新物质以及与那种新物质相连的许多新现象。现今世界上的物理学家仿佛是以全力来攻这个新题目。我们应该知道一个大概。

诸位想必知道各种物质之中，有一种能传电，亦有一种不能传电。比方五金之类以及许多的含盐类的液质都能传电。而玻璃、木料、寻常的干空气之类都不能传电。假使我们现在取一玻璃管（比方长一尺径一寸），那管的两端紧闭，空气不能自由出入。再嵌一金类之小板于管之一端内，又嵌一金类之导线于它端内。试使小板之端与高压电机（如感应电机之类）之阴极、其他端与阳极联络。管中必无什么现象可睹。如若设法将管中的空气抽去一大部分，使管中余剩的气极为稀薄，再将高压的电流联络于管的两端。那时候的情形便不同了。由阴极的小板发出一种紫色的“光线”。其前进之路与板面成直角。如有固体硬塞于那紫色光的路中，那固体就显种种的光彩，并发大热。有名的X光线，就是这个阴极发射出来的东西途中碰着白金板而反射出来的光线。由阴极发射出来的东西并且显机械的作用。譬如置极轻之叶轮于管中，那叶轮就要被它冲动而旋转，如水冲水车，风推风车一般。最值得注意的，那就是阴极发射线受磁力的影响。如若横置磁石于发射线之旁，那发射线就变弯了，与阴电流受了磁场的影响所生的结果相同。发射线又能透过极薄之铝叶，足见得它并不是光线。就前面所说的种种性质看来，我们不能不怀疑它是一点一点带阴电的物质，以极大的速率由阴极射出来的。这个情形倘若是真的，我们不难用一种方法，求出那种带阴电的物质的质量与其所带之电量之比以及其射出之速率等项。

诸位，我们所要讨论的问题是势力的问题。我方才为什么大费工夫地说了一顿原子的构造。这里有点儿缘由，并非单是因为那发射的势力是由原子以内发泄出来的，所以原子构造的问题与我们的问题有关系。实在是因为电子之说，无机物进化之说，近年来风动一时，我们中国的“旧派”对于一切新学说新理想的态度就是屏诸四夷，不闻不问。而所谓治新学者，往往为好奇心所鼓动，抓着新东西就要说，听着新学说就相信，似乎未免近于率尔（轻率地）。所以我现在勉强说了几项紧要的事实，以示那极玄妙的电子说是由极寻常的事实推出来的，最要紧的还是事实。那电子说成不成，还要待我们仔细地分析，什么为本，什么为末，万万不可弄错。

第三项可分作三个细目说：

（一）由太阳的热所生的动势力，河流与气流都是这种势力的表现。地面的水受太阳的热，变为水蒸气，汽腾于空中，减其热度，变为雨雪，落在地面的高处，受地球的引力，不能停留，于是河流发生。所以地面各处的河流可视为天然热机的一部分。在中国河流甚激的地方，古代已有人建设水车，利用此项势力以灌溉田地，但利用之方未曾十分进步。在欧美利用水力之地也极多，以美国的尼亚加拉（Niagara）及挪威等处为最著名。近闻瑞士也有大举利用水力转运电车的计划。中国高山大川不少，可设水力机关的地方必定很多。研究机械工程的人，正宜留心这个题目。

空气的压力随时随地不匀。高压的气当然常往低压的地方走，所以生风。气压变更的原因极其复杂。我们今天没有工夫讨论。我们应知道的，第一是使空气流动的势力是由太阳来的。第二是风的势力可用风车等机器弄到人类的手里来。但是风力时有时无，时强时弱，那是在人工操纵的范围以外。

（二）直接由太阳送来的热势力，由太阳送至地球的光热，一部分为空气所吸收，增其热度；一部分直达于地面。现今在热带的地方，如开罗（Cairo）附近已有热机，直接利用太阳传来的热。其法是用一架甚大的凹镜先收集太阳传来的热力于一处（即凹镜之焦点），再用那集中的热力运转寻常的热机，如汽机之类。此种直接用太阳的热的热机，尚在极幼稚的时代。从机械工程学上看起来，还有许多研究的余地。

以上所说的各项势力，除第二项（即原子以内的势力）外，其流行也，或囿于地，或厄于时。欲其应人类随地随时之需，不能不想出各种方法来储蓄它，来收敛它，使它易于运搬，易于对付。我们现今已发明许多收敛、储蓄势力的方法。那些方法可分为两类：第一类根据物质电离电合之性来收敛、储蓄势力。蓄电池就是这类的东西。蓄电池中之物质，受外来电流之影响而生一种化学的变化。若撤去外来的电流，联络其两极，蓄电池就吐出电流，其中的物质渐变回原样。第二类根据于热化学的原则来收敛、储蓄势力。比方有两种物质化合而成第三种物质。倘若其化合时吸收若干热量，其分解成原来的两种物质时，亦必吐出相等的热量，以人工造燃料的原理就在这里。

将来制造燃料的方法进步，或者与碳化钙相类的东西渐渐出现。那些东西，就可借太阳直接送来的热势力，或风势力，或水势力造出来。换言之，我们就可把那厄于时囿于地的自然势力抓在手里，随我们的意思去分配它。

（三）来自生物所积收的热势力，寻常的动植物，大都离了太阳的光热就不能生活。那畏阳光的生物，如许多微菌之类，也要借种种有机的物质才能生活。那些有机的物质，大概是由受阳光而生长的动植物里产出的。就是那深洋底的生物，虽直接受阳光的影响很少。但是我们没有凭据说它们的生活不间接受太阳的影响。地球上各种生物的生命，究竟与太阳里送来的热势力有如何的关系，原来是一个很大的问题，现在姑且勿论。就我们日常的观察判断，太阳的光热与动植物的生命似乎有极密切的关系。所以我现在权且把来自生物所积收的热势力，也列在第三项势力的来源里。

各种天然势力的储蓄物中，最先为人类所抓着的，不能不说是各种植物。不分其种类，不分其成分，拿着就烧，那是利用这种势力储蓄物的最粗陋的方法。进一步，就是把植物的躯干变成木炭。木炭燃烧时所发出的热，自然是比等量的木材燃烧时，所发出的热量大而强。再进一步就是用破坏蒸馏法，由木材里分出种种有用的东西。木材的成分随其种类不同。还有许多有用的东西，我们现在不必计较。与我们现在的问题关系最密切的就是木炭与酒精。大抵软质的木料多含胶质而少酒精，硬质的木料则与之相反。

现今制造家蒸馏木材的目的，大半不在取木炭而在取其余的副产物如酒精、醋质之类。

低洼之地，往往有腐烂的植物，如藓苔之属，与泥沙等质停积于一处而成泥炭。

湖沼之中往往有微生物。其体虽小而其生长繁殖异常之快。Diatomacae（硅藻科）、Perilinidac 等族是这类生物中最值得注意的。由海底、河底、湖底挖起来的泥土中，有时含一种物质与石油（Cholosterol，Phytosterol）（Cholosterol 和 Phytosterol 都是氢化碳，石油是各种氢化碳的组合）相似。那种物质，或者是由前说的那一类的微生物酝酿出来的。倘若生物化学家再详加考察，探悉那些生物生长的习惯，我们未尝不可想出方法来培育它们，用它们的体质做我们的燃料。

将来比较有希望的，就是直接由太阳送来的势力以及来自生物所积收的势力。在热带，当然可设许多的凹镜收集太阳的热，用太阳的热就可制造种种燃料，如碳化钙（CaC_2）之类。但是这两种办法也有许多难处。那太阳光热的强度，每日时时变更。因为这样的变更，供给的力量必不能均匀，供给的力量不匀就不利于制造。偶有云雨，机器就要停止。这也是很不方便的一件事。况且镜面须大，造镜的材料，都是很贵的。说来说去，我们的希望还是落在生物身上，但是也不能不分孰轻孰重，泥炭一年比一年减少。水中的微生物到底能不能为我们造出极多的燃料是一个问题。将来的答案难免不是一个否字。世界上人口日增，食料的获取渐渐困难，用五谷之类制造燃料，恐怕会成问题。那么，最终的答案就是木材一项，充分利用世界上旷野之地来培植森林，用尽科学的方法，将木材变为最经济的燃料。如造成酒精之类。木材到底能否代替煤炭以供人类的要求，这个问题虽难解决，但是从木材生长的速率着想，我们很难抱乐观的态度。然则人类的繁华到了难以得到煤炭的时候，将要渐渐地凋零吗？抑或在煤炭犹未用尽以前人类生活的状态已经根本地变更了？

成长启示

在作者看来，人类之所以进步很慢，其中一个很大的原因在于人们在不知不觉中守着一种人云亦云的态度。我们要脱离这种积习和束缚，无论在学习还是生活中，都应该独立思考，坚持真理，努力保有能够做自己的自由和敢于做自己的胆量。

要点思考

1. 岩石大概分为哪三种？

2. “煤炭在地下愈久，其质愈变纯净”这种观点正确吗？为什么？

大地构造与石油沉积

导读

在石油地质学科发展为一门专门学科后，人们对石油地质的研究越来越专业化，这为我国的石油勘探工作指明了方向。在这篇文章里，作者向我们说明了石油生成的沉积条件和构造条件。

自从苏联古布金院士把石油地质学科发展成为一门专门学科之后，我们对于石油地质的研究，就高度专业化了。我在这方面的研究很少，今天我的发言，只能够根据一般地质构造观点提出一些有关问题，希望这些问题的提出，对我们石油勘探远景计划能有些帮助。

大家知道，我对大地构造是有些特殊的看法的，因此我要求专家和同志们给我一些耐心。

现在在提具体问题以前，我先提出两点，这两点与我们石油勘探工作的方向有比较重要的关系。

第一，是沉积条件；第二，是构造条件。这两点当然不是彼此孤立的，而是相互联系的。为了方便起见，我把这两点分开来谈。

首先，大家知道，对于石油生成的沉积条件，最重要的是需要一个比较长的时期，同时需要不太深也不太浅的地槽区域，便于继续进行沉积和增加转变为石油的机会。因为需要不太深也不太浅的条件，所以我们要找大地槽的边缘地带和比较深的大陆盆地。对这些地域的周围，同时还要求有比较适当的气候——适当的温度和湿度，以利于有机物的生长。这种气候的存在和动植物的生长，是可以从有机物质在岩层中，如化石的多少，表现出来的；如由煤、油页岩等表示出来，就是说从岩层中所含的有机物的多少，可以看出沉积的情况。以上是关于第一点的概略说明。

其次，在构造条件方面，应该从三方面考虑：（1）大型构造，如盆地、台地、地槽；（2）中型构造，如断层、节理、片理、小的断层和结构面等；（3）更小的构造，如颗粒的排列方式，孔隙存在的情况，包括用光学和其他适当的方法来检定岩石颗粒排列的方向——这是属于岩组学的领域，从这一方面得出的结果，往往对阐明流质在岩层中运动的方向有很大的帮助。这三方面的研究，不应该是孤立的，而应该是相辅而成的。

成长启示

卡曾斯说过：“把时间用在思考上是最能节省时间的事情。”石油勘探工作不是盲目进行的，作者经过缜密的思考，提出石油生成的沉积条件和构造条件，从而为我国的石油勘探工作指明了方向，起到了事半功倍的效果。

要点思考

1. 石油生成的沉积条件是什么？

2. 石油生成的构造条件是什么？

地史的纪元

导读

历史学家将人类的历史分为有史以前和有史以后，地史学家也将地球的历史分为有地史以前和有地史以后。觉里教授从海陆划分的时期起推算出了地球的年龄，然而他的结论受到了霍姆斯的质疑。对于觉里和霍姆斯的看法，作者提出了自己的见解。

听说去年觉里教授（J. Joly）在牛津大学讲第二十七次波义耳讲演（Robert Boyle Lecture）时，又提起地球年龄的问题。觉氏对于这个问题素有研究，并曾出专书讨论（如*Radioactivity and Geology*）。此次讲演，想必更有新发现，可惜我们不能当场领教，而且连他的讲稿亦不曾看过。直到现在，我们在今年（这里指1926年）四月出版的《自然》（*Nature*）上，看见霍姆斯（Arthur Holmes）批评他的文字，才知道这个半生半死的问题，在西方近来又复活起来了。

头一件令我们注意的事，就是觉里此次提出讨论的题目。从前关于这一类的讨论，一般科学家所用的题目，都是“地球的年龄”。觉氏此次不说地球的年龄，而说“地史学上地球的年龄”。这种命题，的确可以免去一般人的误解。历史学家从事实上不能不把人类的历史分为有史以前和有史以后的两段，地史学家似乎也应该把有地史（指有地史的遗迹而言）以前和有地史以后的时期分为两段。在前一段时期中，地球经过何等的变化，经过多少年代，依我们现在的知识看来，谁也不敢断言。地球究竟是如何产生的，还是一个悬案，怎能大言不惭地去说地球的年龄？

地球前半的历史，固然现在还是一笔糊涂账，但是自从海陆划分以来，至少地面上的变更，确实有许多遗迹可考。这个海陆划分的时期，可算是地史发端的时期。觉里所说地史学上地球的年龄，也就是从这个时期算起。

前已说过，我们是未曾读过觉氏的论文的人。我们当然不敢妄发议论，批评觉氏的长短。但是霍姆斯也曾著了一本专书，讨论地球经过的年代。他在《自然》上对于觉里教授的批评，对与不对，我们虽然不便加以严格的判断，但是他所发表的意见，的确可以供我们参考。

在介绍霍氏的意见以前，待我先把关于计算地球年龄的几种重要方法略述一次：

（一）根据地球的热状。在各种方法之中，恐怕要算这种方法最老。汤姆逊首先提出。汤氏假定地球最初为一团热汁。这团热汁，渐渐冷却，必定发生对流（Convection）现象，使中心与表面的温度大致相等。待到全体凝结成了固体，它的温度才能下降。历时愈久，表面与中心的温度相差愈大。换一句话说，地球自从凝结成了固体以后，它全体便不能保持平均的温度；愈到内部愈热，愈近外面愈冷。在一定的时期，一定的地点，温度的变更率（Temperature Gradient）、传热物质的密度、比热传热率有一定的关系。那种关系，可以用傅立叶（Fourier）（法国数学家、物理学家）的方程式表明。现在地球表面上温度的变更率，各种岩石的平均密度、比热、传热率，都能进行实地的测验。所以只要知道地球凝结时的温度，我们就应该可以算出造成现今温度变更率所要的年代。汤姆逊假定地球凝结时的温度为7000℉，即3871℃，算出的结果，得出地球的年龄为96兆岁。汤氏正在那里自鸣得意，忽然翻出一群地史学上的事实，证明他的地球未免年纪太轻了！

这种方法的缺点是显而易见的。不用讲我们不能假定地球的过去，有一个时期全体固结，全体温度平均。就是现在除了极肤浅的壳子以外，我们并不敢断定它是由什么物质造成的，呈什么状态。况且有许多放射元素——至少在地壳中——不断地供给热量。假若放射元素在地中分配的情形与地面相似，据计算的结果，地球的温度非但不能减少，还应增加。对于汤姆逊的大作，我们似乎不必再客气了。

（二）根据地层的总厚。这种方法也是很老的，它的原则极为简单。我们都知道地面的岩石，有一部分是由泥土沙砾固结而成。那些泥土沙砾之所以发生，大半是因为已成的岩石受了风雨的摧残，经过河流的输送，而停积在湖海里的。在停积的当时，虽是杂乱无章的泥沙；而历时甚久，就变为层层垒叠的岩石。自海陆划分的时期以至今日，陆地受风雨的剥削，从未停止。所以水里的停积物，也是层复一层，不断增加。现在假如知道地球上停积岩层的总厚，又知道每年停积的厚度是多少，用后者除前者，应该得出地球自海陆划分以来的年数。

这个方法，在理论上再简单不过了。可是在事实上，则大谬不然。因为关于除数和被除数的调查或计算，都大费工夫。那些难处，我们不必一一从理论上讨论，单看下表中所列各家计算结果相差如此之远，就够了。

调查人	岩层总厚	每停积一尺厚所要的年数	年龄
赫胥黎	一〇〇〇〇〇英尺	一〇〇〇	一〇〇兆
赫顿	一七七二〇〇英尺	八六一六	一五二六兆
拉巴朗	一五〇〇〇〇英尺	六〇〇	九〇兆
格基	一〇〇〇〇〇英尺	七三〇至六八〇〇	七三至六八〇兆
索拉斯	二五六〇〇〇英尺	一〇〇	二六点五兆

即令将来我们得到极详细的调查，我们有什么方法断定现今的停积率与过去的平均停积率成什么比例？然则这第二种方法也不可靠。

（三）根据海中的钠量。溶在海水中的盐质，种类虽多，只有钠（Na）质有蓄积于海中的趋势。其余各种盐质，终究必被排去。假若知道现在海中溶钠的总量是多少，又知道现今每年由河流输送到海里去的钠量是多少；如若每年加入的钠量千古不变，我们立刻就能算出自从世界上有海洋以来到今日所历的年代。据默里（Murray）（英国海洋学家，近代海洋科学奠基人之一）的调查，世界上海水平均的密度为 1.026。又据卡斯滕（Karsten）的调查，世界上海水平均的密度为 1.026，海洋全体的容积为 30749.6 万立方英里。所以海洋全体的质量为 1178270×10^{12} 吨。钠质在海水中，平均占 1.08%（据 Dittmax）。所以现在海中的总钠量应为 12600×10^{12} 吨。每年由河流送入海洋的钠量全世界总计有 1.56 亿吨。从这两个数目，得出海洋的年龄约为 80.88 兆年。

如此计算，在算术上虽然没有差错，但是事实上还有许多困难。关于海洋中钠质的总数，以上所说的几项调查，还算精密，大约与实数相去不甚远。至于海洋中每年增加的钠量，调查计算，都不容易。前说的数目，乃是从分析世界上各大河流排泄物所得结果。据精密的考查，河流中所含的钠，有一部分是从海里吹来的；那种吹来送去的钠质，当然不应列入每年增加的量中，我们还要知道，在过去各地质时代，有一部分的钠质，时而和泥沙混在一道，加入在岩石里面；时而与岩石同时受侵蚀作用，转入海洋。转来转去，成循环的状况。最后还有一个绝大的疑问：那就是当海洋初成的时候，海水中是否已经有若干钠质，无从断定。凡此等等，都足以表明实际上计算的困难。

（四）根据含放射元素的矿物中铀与氦或铅的比率在种种测算地球年龄的方法中，要算这个方法最新、最漂亮，也可说是最靠得住。我们在实验室中，已经得了十二分的证据，证明铀（U）钍（Th）等质，放射了阿尔发质点后，即变为其他种放射元素。那新发生的放射元素，又放射阿尔发质点，又变为其他种元素。如此递变不已，最后变成铅质。每一种放射元素，都有一定的生存期限。由一定的分量减到一半所要的时间，普通名曰半生期。各种放射元素的半生期都是一定的，与温度压力化合的状态等绝对没有关系。放射出来的阿尔发质点，都是荷电的质点。它失掉了电性，就成了氦气。所以凡属含铀钍等质的矿物，其中必有若干氦和铅存在。据精细的测验，每一钱（重量单位，10分等于1钱，10钱等于1两。1市钱合5克）铀质，每年可发生 1.22×10^{-10} 钱的铅。因为这种变化进行极慢，所以铅的产生率可视为一个恒数。

假如现在有一块含铀的矿物，我们知道它所属的地质时代，我们只要测出那块矿物中铀与铅的比率，再用 1.22×10^{-10} 除之，就可以知道从那个地质时代到现在的年数。

这种计算的方法，在理论上似乎极为圆满。但是事实上也有不容易解释的地方。比如根据同一地方同一时代的各种矿物计算，所得的结果往往不等。而从含铀矿物所得的结果，往往高于从含钍矿物所得的结果。觉里教授举了一个例子来说明：锡兰有一种沥青铀矿（Pitchblende）及一种钍矿（Thorite），同产于一地，但是从铀铅的比率计算，得512兆年；而从钍铅的比率计算，只有130兆年。

现在我们再来看看觉里的结论和霍姆斯的批评。觉里的结论，仿佛是注重某种含钍矿物中的钍与铅之比，而以海洋的咸度（即钠量）为佐证。他主张自玄古时代（Arhaean）到现今，在160兆至240兆年之间。

霍氏对于觉里所选择的材料不甚满意。他说钍中的铅，容易溶解。所以觉氏所用的钍矿，其中必有一部分铅已经消失。因此所得的年数过小。铀矿中的铅比较难于溶解，所以自初次产生以来，应该都蓄积在矿中。觉里不用铀矿而用钍矿，的确有点儿不妥。就是钍矿中也有年龄超过400兆者，更足以佐证霍氏的意见。至于海洋的咸度，关系复杂，前已说过，殊不足引为佐证。若仔细地思量，恐怕向来从海洋咸度所弄出来的年龄，只有失之太少，不会失之太多。

关于研究地球的年龄，觉里教授总算是一位前辈。但是他去年在牛津大学所发表的新结果，我们不敢完全赞成。霍氏的辩证，似乎都有相当的道理。将来关于放射元素测验的方法，假若更加精密，恐怕计算的结果，只有数目增大，不会减少。在现今的知识程度之下，我们无妨认定自从玄古时代到今日的年数，与中国的人口数——那就是400兆——大致相等。

成长启示

作者未曾读过觉里教授关于地球年龄的论文，因此没有妄发议论，断然地论其长短。实践才是检验真理的唯一标准，对于未经充分了解的事物，我们不能妄下结论，不能轻易否定，而要经过深思熟虑和多方调查才有发言权。

要点思考

1. 关于计算地球的年龄，作者提出了几种重要方法？

2. 作者对霍姆斯的看法持什么态度？

地质力学发展的过程和当前的任务

导读

地质力学是在我国土地上生长起来的一门学科，随着我国地质事业一日千里的发展，地质力学这门学科也在迅速地发展着。地质力学发展的过程是怎样的？它面临着哪些任务和问题呢？让我们走进书中去看看吧！

今天，我想同第三期地质力学进修班的同志们漫谈两个问题：第一个问题是地质力学发展的过程，第二个问题是地质力学当前的任务和它面临的问题。

一、地质力学发展的过程

为什么要讲地质力学发展的过程呢？因为一切事物，都有它自己的发展过程。我们不能割断历史来看问题。我们讲地质力学发展的过程，就是为了总结正面和反面的经验，找出今后工作的方向。

我们所说的地质力学，大致可以说是经过两个阶段发展起来的：

第一个阶段是从1921年研究中国北部石炭－二叠纪沉积物开始的。中国北部是一个丰富的产煤地区，那些主要的煤层与石炭－二叠纪的地层有密切的联系。这些石炭－二叠纪的地层，当时统称为太原系。紧接着它上面的山西系，其中一部分后来称为“石盒子系”，是与主要的含煤地层有关。太原系，主要是由陆相（指在陆地的自然地理环境下形成的沉积相的总称）地层构成的，其中夹有若干薄煤层，还夹有若干海相（指在海洋环境中形成的沉积相的总称）地层。

关于太原系的时代问题，有过长期争论。最初，有些人，例如在中国前后搞了三十多年地质工作的德国人李希霍芬，把太原系以下相当厚的石灰岩建造，用西北欧典型地区例如英国的标准来硬套，称为煤炭石灰岩，意味着这些石灰岩和英国的早石炭世石灰岩相当。现在大家都知道，实际上这些石灰岩是属于奥陶纪的。所以，这些石灰岩以上的太原系，就被认为是石炭纪的沉积物。葛利普起初也认为太原系是早石炭世的建造。

在太原系中，当时发现的化石并不多。后来，在许多地点露出的太原系海相地层中，找到了丰富的微体古生物群，特别是蜓科；在其中的陆相地层中，例如在“唐山煤系”中，也找到一些植物化石。因此，关于太原系时代问题的争论，就更加纷乱。有的人认为它属于晚石炭世，有的甚至认为它属于早二叠世，诸如此类。

到1924年，从莫斯科盆地中典型的中石炭世地区，取得了大量的蜓科标本和若干腕足类标本。经过详细地比较和鉴定，证明了莫斯科系中的海相生物群和太原系下部海相地层中所含的生物群，有密切的联系。根据这一发现，我们就把太原系分为上下两段：下一段称为本溪系，划归中石炭世；上一段仍然称为太原系。这个发现，对北美石炭纪地层的划分，产生了相当重大的影响。因为在那里也和在西北欧一样，长久以来，石炭纪地层的划分，仅仅分为上下两部分建造。从此以后，在全世界范围内，至少可以说在北半球范围内，关于中石炭世海相地层的存在，逐步发现了更多的证据，也逐步被人们接受了。

在中国南部，晚古生代地层发育的情况和北部很不相同。在南部，石炭纪和二叠纪的地层，海相占优势。关于这些海相地层的划分和年代的鉴定，也曾发生过相当激烈的争论。在那些石灰岩中所含的蜓科化石，对解决上述争论起了很重要的作用。因为我们在中国南部的所谓黄龙灰岩、壶天灰岩等厚度颇大、岩质颇纯的海相地层中，发现了大量的蜓科化石，经过鉴定和比较，确定了这些海相地层，和中国北部的本溪系海相陆相交错的地层相当。同时，又在中国南部的所谓栖霞灰岩、船山灰岩、马平灰岩等厚度相当大、分布相当广泛的海相地层中，也发现了大量的蜓科化石，这些化石的某些种属，与中国北部狭义的太原系中所含的蜓科化石相同。这就证明了，中国南部这些占主要地位的晚石炭世和一部分石炭－二叠纪过渡的海相地层，与中国北部以陆相为主夹有若干海相地层的太原系，是同时代的产物。

那么，就产生了这样一个问题：当时海侵海退的现象，为什么有这样的南北差异？这个问题，牵涉到大陆局部升降运动和海面全面的升降运动，以及在低纬度和高纬度地区存在着海面差异运动等可能性。问题是复杂的，很难一举得到解决。不过，经过对地球上其他地区，当时海侵海退现象，做了初步的比较，特别是对古生代以后大陆上海水进退规程的初步探索，就得到了一种假说。这就是大陆上海水的进退，不完全像有名的奥地利地质学家苏士所提的那样，即海面的运动，或升或降，是具有全球性的，而是可能还有由赤道向两极又反过来由两极向赤道的方向性的运动。这个假说，又引起了一个问题，为什么海洋会发生这样具有方向性的运动？当时初步设想，这可能是由于地球自转速度在漫长的地质时代中反复发生了时快时慢的变化。这种设想，有没有点儿正确性，当然还存在着很多问题，不过，它对地质力学工作的开端，起了相当重要的启发作用。它的作用，在于提出了这样一个问题，即大陆运动，包括区域性的构造运动，是不是也会受到这种地球自转速度变化的影响呢？如果是的，如果构成大陆的岩石，受到了长期地应力活动的作用，它具有一定刚性和塑性的话，那么，当大陆和海洋发生南北向的方向性运动以后，在大陆上，也应该留下相应的痕迹。人们有时说，地质力学不管沉积，这是不符合事实的。

在20世纪20年代，关于大陆运动起源的问题，各个学派，甚至每个放眼世界的地质工作者，都提出了自己的看法，在这里不可能一一介绍，下面只能扼要地谈一下具有代表性的两大派意见：

传统学派，主张地球在它长期存在的过程中，由于逐渐失热或其他原因而收缩，以致海洋部分，特别是太平洋部分显著地发生了沉降；而在大陆部分，总的趋向也是朝着地心下降，但在局部地区，也可能发生相对的上升下降运动，因之发生了褶皱现象和各种断裂现象。这一派的看法，是以垂直运动为主的，局部的水平运动是由于垂直运动而引起的次生运动。

另一学派，是主张以水平运动为主的。他们在认识了均衡现象的基础上，认为主要由硅铝层构成的大陆，是浮在由硅镁层构成的基底上面；并且认为大陆能够在它的基底上面和由硅镁层构成的海底上面，发生水平的滑动；还认为大陆的各部分，也能够发生大规模的相对水平位移。

大陆在地球表层中，究竟能不能够像冰山在海洋中那样，自由地漂来漂去，是个问题。即使主张大陆是可以漂流的人，要说到大陆究竟怎样漂流，各家各派，都有自己的看法。归纳起来，主要可以分为三派：

人们最注意的一派，以魏格纳大陆起源说为代表。实际上，在魏格纳以前，早已有人提出大陆漂流说。不过，魏格纳的提法，比较全面，也比较系统，并且提出了比较多的证据来支持他的说法。其中显得比较突出的证据是：（1）在某些地质时代，地球表面上古气候带的巨大变化；（2）大西洋东西海岸线形状的相符性；（3）南北美大陆和欧非大陆上，特别是南美大陆和非洲大陆上，某些古生物群的密切联系；（4）南美洲和南非洲某些建造特点的相似性；（5）晚古生代南半球大陆，包括印度半岛在内的"冈瓦纳大陆"上冰川流动的方向；等等，都广泛地引起了人们的注意。

另一派，也和魏格纳大陆漂流说近似，其不同之点在于：约里提出了关于硅铝层岩石放射性作用和大陆表面形状的关系问题。约里摘取了构成硅铝层若干类型的岩石，来代表构成硅铝层的岩层，再根据那些有代表性的岩石的放射性矿物的含量，推算了硅铝层中，由于放射物质的自然爆裂，每年所产生的热量。据约里的意见，这个热量有一部分在地球的表层以下存积起来。经过这样的考虑，他估计每2500万~3000万年内，大陆下部的岩层，例如玄武岩之类，就会被熔解。在大陆下部熔解了的状态下，由于月球的影响而产生的潮汐，就起了拖移大陆的作用。于是，大陆就搬家了，向海洋方向搬走；原来大陆的基底，就露出来了，并且逐渐冷却了。这样，就形成一次大规模的地壳运动。至此，地壳大运动的一次轮回也就告终，新轮回就从此开始。

还有一派，认为地球内部不断发生对流，轻的物质向上，较重的物质向下，其结果，在某些地带把大陆拖开，使它们分裂，海洋从而侵入。在分裂的那一方面，大陆的海岸留下张裂的痕迹，例如北美海岸以至内陆和西欧海岸以至内陆，就遗留着由于这种拖动而被拉断了的古生代山脉。在另一方面，大陆碰到了海底较重和较硬的硅镁层的抵抗，而发生了大规模的挤压现象。由于这种挤压，就形成了大型的地槽以及由地槽转变过来的雄伟山脉。南北美洲大陆西岸的科迪勒拉地槽和安第斯、科迪勒拉等巨大山脉，就是这样形成的。这种看法的后一部分，即南北美大陆的东部和欧非大陆分裂，南北美大陆的西部向太平洋方向推挤，和上述两派的看法基本上是相同的。

各式各样的大陆漂流说曾轰动一时，但在所谓正统学派的顽强抗拒下，逐渐搁浅了。近年来，由于古地磁工作的发展，又有活跃的趋势。

在各个学派纷争的影响下，1926年，《地球表面形象变迁的主因》一文就被提出来了。这篇文章，在批判了一些传统学派的同时，根据大陆上大规模运动的方向，推论了那些运动起源于地球自转速度的变化，提出了“大陆车阀”自动控制地球自转速度的作用。这一套理论不是没有一点儿实践的基础，但是，这样立论，大体上说，也和其他各派的学说一样，在方法论上存在着很大的缺点。主要的缺点在于：用的资料不够广泛、不够细致、不够落实，片面地抓住一些事实，或者若干现象，参考一些第二手资料，就急急忙忙地提出大的理论来。实际上，这些所谓的理论，是很低级的，也是很粗糙的。它们所依靠的证据，往往可以这样解释，也可以那样解释，不够严谨，也不够严密。这是一个很深刻的教训，同时也积累了一些粗略而不是无益的经验，特别是让我们对大块大陆运动的方向性有所认识。这是地质力学发展过程中的第一个阶段。

地质力学发展过程的第二阶段，不是从结束了第一阶段才开始的，而是在第一阶段的后期，已经开始了一些零星的工作。那些工作主要是针对区域性构造现象之间的相互关系。必须说明，这里所说的构造现象，是针对大型、小型、单式、复式的褶皱和各种断裂而言。这些形变现象，是当地地壳运动的陈迹，是实实在在的东西。所以，要了解当地所经过的地壳运动的程式，就必须对它们各自的本质、形成的过程和它们彼此之间可能存在的联系有所认识。这样来看问题，就和在第一阶段中，只注重大块大陆的运动，根本有所不同了。

对构造现象本质的探索，是从认识一些个别的和特殊的现象开始的。起初，见到乌拉尔那样褶皱强烈的山脉，在东西两面的广大平原之间突起，好像一条长蛇，南北蜿蜒，这不能不说是欧亚大陆中一个突出的奇异现象。为什么有这样一条山脉？光说它是由一个南北向地槽在回返阶段中转变而成的，这只是把问题向后推了一步，并不能令人满意，为什么在欧亚大陆之间，曾经存在着那样一个地槽。大家知道，乌拉尔主要是在晚古生代经过一次巨大的构造运动而形成的一条山脉，很难设想，它是孤立的。实际上，在它的东西两面的广大平原——所谓俄罗斯地台（亦称“陆台”，与地槽相对立而存在的地壳上比较稳定的地区，是基本的大地构造单元之一，由下部的基底与上部的盖层两个构造层组成）和西伯利亚地台以南，还存在着相当复杂的一套弧形山脉：西边从高加索以西，东边到阿尔泰山系，都是属于被这套弧形山脉所穿插的地带。当时知道，这些弧形山脉之中，有些是大致和乌拉尔同时产生的。虽然它们之间的距离相隔很远，走向也不同，但它们之间是不是有成生的联系（指同一方式地壳运动所产生的地质构造在空间展布、发生发展和力学机制等方面的内在联系）呢？这个具体问题的提出，实际上，是认识山字形构造的开端，也是认识构造体系的萌芽。光靠当时所掌握的事实，当然，还不能得出任何结论。这里谈这些经过，主要的目的，不在于这个设想正确不正确，而在于想揭露当时如何冒着很大的危险，打开一条思路，到实践中去，认真地检验，这种构造型式（指同一类型的构造体系，尽管在规模上、构造形态上、形变强度上和物质组成等各方面都可能极不相同，但却具有同样的总体组合特征，符合一定的标准型式）或构造体系的概念，究竟行不行得通。

1928年前后，在南京、镇江一带，初次发现了宁镇山脉这个大致东西向的弧形构造。它的弧顶位于镇江一带，向北凸出。在它的南面相当辽阔的平原中，出现一条茅山山脉。这条山脉的伸展方向，大致是南北方向，它和宁镇山脉一起形成了一个构造体系。这个构造体系的特点，基本上和乌拉尔山脉及其以南的复杂的弧形山系所形成的构造体系相符合，不过具体而微，方位相反罢了。到这时候，对山字型构造体系的认识，就进了一步，但还不够落实，还需要扩大范围，在野外进行大量的观测工作，看看是否在我国境内还存在这种类型的构造体系。当时为了方便工作，暂把这个构造体系的南北向的组成部分称为山字型构造的脊柱，它前面的弧形构造带，称为前弧。

宁镇山脉－茅山这个山字型构造和横跨欧亚大陆的那个山字型构造，不仅规模相差很大，前弧凸出的方向相反，而且还有许多不同之点。这里就引起了一个问题：宁镇山脉－茅山山字型构造究竟是自成一个独特体系，还是另一个构造体系的组成部分？只有通过更广泛的实践，才能解决这个问题。

同年，在广西台地（那时不叫地台）东南西三面也发现了由复式褶皱构成的弧形山脉体系。它的弧顶位于宾阳县城东南，东翼以镇龙山－瑶山大背斜为主体，经贵县、武宣、象县与修仁等县，再走荔浦、灌阳，抵达零陵与道县之间的紫荆山地块；西翼以大明山背斜为主体，经上林、隆山、都安等县，继之循都阳山背斜，往西北进入贵州境内。当时设想，这可能是一个山字型构造的前弧。当年参加工作的同事们，满以为在柳州附近应该见到它的南北向脊柱，但是，事实不是这样。经过半年以后，这些同事们在广西北部工作，才发现了古老变质岩层构成南北延长的强烈褶带，确定了构成广西山字型体系的脊柱。

此外，还发现了淮阳山脉也是一个弧形构造。它的弧顶位于湖北黄梅、广济之间。它的北面就是一般称为淮阳地盾（地台上呈大面积长期隆起的部分。轮廓一般呈盾形，具有很大的稳定性，基底出露于地表，一般缺乏沉积盖层）的地区。地盾的概念，阻挡了淮阳弧可能是一个山字型构造前弧的设想，也阻挡了我们认识宁镇山脉和淮阳弧的联系。在此，从地盾、地台等观点来分析地质构造，与从构造体系观点来分析地质构造，就发生了严重的分歧。淮阳山字型构造问题，直到中华人民共和国成立以后，才算得到了解决。

在20世纪20年代的末期，除肯定了几个山字型构造的存在以外，还发现了其他一些不同类型的构造体系。对这些不同类型构造体系的认识，模拟试验起了一定的作用。就当时所认识的构造型式和它们分布的范围、规律以及它们在地壳运动问题上的含义，在1929年做了一次总结。这个总结，概括了不同类型构造的特殊本质，明确了构造体系的概念，测定了和每一类型构造体系有关地区的构造运动的方向和方式，推断了大陆和海洋运动的主因。这样，就为地质力学的初步建立打下了基础。

20世纪30年代到40年代初期，是地质力学在上述基础上有所进展的时期，也是以构造体系这个概念为指导，继续向着尚未研究过的或者尚未深入地研究过的各种具体的构造型式进行研究，找出它们各自独特的本质，修改、补充和丰富构造体系这个概念的时期。在这个时期，地质力学才开始走上了自己的道路。在地质学的领域中，逐步扩大了自己活动的范围，在越来越多的地区，发现了许多构造体系的定型性、定位性、定时性和在同一地区它们之间互相交错、部分重叠的关系，亦即复合的关系。

在企图进一步摸清那些构造体系特点的过程中，发现了东西构造带明显地与其他构造体系有所不同。因为它们的规模是宏伟的，结构是复杂的，并且看来它们都反复经过强烈的构造运动，影响地壳的深部。关于其他一些构造体系，在我国境内，当时显得最突出的，有华夏系和新华夏系构造。前者走向为东北—西南，后者走向为北北东—南南西，包括大幅度的挠曲和小型雁行排列的多字型褶皱或断裂。此外，还有规模不等的山字型构造，它们的特点在于前弧一般向南凸出。这些不同类型的构造体系，往往显示它们对矿产分布的控制作用。例如，在东西带中，有时出现某些重型矿体；在新华夏系的拗褶地带，具有沉积某种矿产资源的条件；某些煤田分布的范围也往往受山字型构造的控制；等等。

到了这个阶段，地质力学已经不能停留在光是描述构造体系的特点上了，上述的那些构造型式都要求它对它们的起源提出合理的解释。例如多字型构造显然反映力偶（作用于物体上的大小相等、方向相反而且不在一直线上的两个力，能使物体转动或改变转动状态）的作用；山字型构造通过模拟实验和初步理论的分析，它的特征可以和平板梁在水平面上受到弯曲而发生的形变相比拟；诸如此类。其他类型的构造型式也都要求说明，在有关的地块中，地应力活动的方式。这就提出了一系列有关岩石力学性质的问题。根据野外的观测，岩层和岩块在受到地应力的作用下，有时表现弹性的反应，也有时表现程度不等的塑性反应。究竟是什么条件决定了同样的岩体显示这种不同的反应呢？在这里，地质力学就不得不进入弹性和非弹性力学的领域。这样，又进一步引起了一系列复杂的理论问题。要解决这些问题，很明显，需要将从事实验工作以及实验中所获得的资料和实际的构造现象结合起来，进行岩石在自然界的力学性质和应力场的分析。

明确了上述地质力学工作的方向以后，在20世纪40年代的初期，地质力学这个名称才被正式提出来。

1956年在地质部成立了地质力学研究室，1960年又改为地质力学研究所。从此，地质力学的研究工作，引起了广大地质工作者的注意，并且获得了迅速的发展。特别是近几年，地质力学研究工作在同生产实践相结合、为生产服务的过程中，不但解决了不少生产实际问题，为社会主义建设做出了一些贡献；同时，在实践的过程中，也获得了大量的资料，证明了初步建立起来的构造体系这个地质力学的基本概念是完全正确的；并且进一步把构造体系这个概念，落实到三大构造型式——东西向构造带、南北向构造带和各种扭动构造型式以及每一类型共同的构造形态特征和它们独特的构造型式。现在看来，地质力学的领域是辽阔的，土地是肥沃的，大有开发的远景。

二、地质力学当前的任务和它面临的问题

从上面所谈的经过来看，地质力学可以说是在我国土地上生长起来的一门学科。在国外也有一些和它近似的学科名称：例如构造物理学、土力学、岩石力学、地力学（也可以译为地质力学）等，可是我们的地质力学和它们根本不同。我们应该树立雄心壮志，刻苦钻研，在我们的地质事业中，在地质科学中，让它不断地做出自己的贡献。

地质力学当前的任务是艰巨的，牵涉的问题是复杂的。这些问题，有的在它现今的水平上，只要我们推广运用，就可以解决；有的还需要经过长期的钻研探索，才有希望得到解决。总结起来，可以归纳为三条：

（一）加强构造体系的调查研究，为指导找矿和解决某些水文工程地质问题提供依据。

构造体系这个概念是怎样得来的呢？从上面所谈的经过看来，它不是由凭空设想得来的，而是总结各种构造型式，特别是扭动构造型式的规律性和普遍性而产生的。构造体系是个抽象的概念，这一种或那一种类型的构造体系和一个一个具有独特形态的构造型式，才是具体的东西。没有那些客观存在的东西，构造体系的概念是无根据的，是主观臆造的，是不能成立的。

对一个构造型式的认识，总要有一段实践的过程，就是说，要依靠对野外工作不断进行广泛而细致的总结。认识总是有个程度问题，正确的认识往往不是一举成功的。不但一个新型构造型式的发现，往往免不掉要走些弯路，连确定了属于一个既知类型的构造型式，有时也要通过反复实践，才能确确实实地认清它的主要特点，即使认清了它的主要特点，那也不等于说彻底地认识了它，完完全全掌握了它的一切特点。

各种类型构造体系的规律性，往往为我们野外工作提供很大的方便。最大的方便，是你如若见到了一个属于某一类型构造体系的某一部分的特点，你就可以预见在某些地区或地带会有一定形式的构造现象——有时称为构造形迹出现。这种预见性，不但对我们野外工作起指导作用，同时对验证那种构造型式的存在，也具有重要的意义。预见不是百发百中的。经验告诉我们，有时我们根据一个构造体系某一部分的构造特征，就预言在某些地区会有某些构造现象出现，等到到了那些指定的地区去寻找那些预见的构造现象，它们却不见了，或者根本就不存在。在这种情况下，我们不用怪预见不灵，规律不对，而要怪我们过早地根据某些局部构造现象，对全部构造体系下了结论。这是失败的教训。通过这样的教训，我们更能了解为什么要通过实践、认识、再实践的过程，才能达到比较正确的认识，才能最后鉴定某一个构造体系的类型。

是不是根据局部构造现象所做出的关于构造体系的错误判断，全是徒劳无益的呢？不是的。它是第一阶段认识过程的初步总结，它不一定正确，但它可能指引我们朝着认识一个新型构造体系的方向前进。只有通过实践，我们的眼界扩大了，我们的经验也丰富了，我们无须为此而感到悲观失望。

一个构造体系的建立，不能草率行事。根据几群构造单元组合体的共同特点和它们的排列方位等，可以试图建立一个独特的构造体系，但这只能作为认识一个独特的构造体系的第一阶段。在这第一阶段认识的基础上，还需要通过更广泛的实践，才能把一个构造体系确定下来。举个例子：在西北地区存在一些多字型构造，它们曾经被总称为河西系，多少与中国东部普遍发育的新华夏系成对称的形势。这个河西系，究竟能不能成立，还需要做大量的工作。

鉴定一个新型的构造型式，要求就更加严格了。几十年来，特别是中华人民共和国成立以来，由于地质工作者的共同努力，我们积累了一些经验，基本上肯定了若干重要类型构造体系的普遍存在。但是对它们的认识，并非处处达到了严格的要求，还需要对各个类型的组成成分和组合形式等特点，做更详尽的调查研究。如扭性断裂和张性断裂，在野外怎样有把握地将其区别开来，还需要找出可靠的标准；还需要解决在同一地区发育的每一对扭性断裂的配套和转弯问题；还需要在全国范围内，乃至全球范围内，明确那些既知类型的构造体系，在不同地区和不同地质时代的分布情况以及它们之间的复合关系；还需要注意寻找新的、独特的构造型式。诸如此类的问题还有很多，即使在现在的水平上，也需要做大量的工作。

为什么要这样严格、这样广泛、这样深入地去追求构造型式的特点、发生和发育的时代以及它们之间的复合关系呢？有两条主要的理由:（1）它们最确实可靠地反映地壳运动的规程;（2）它们在许多场合指明了找矿和解决某些与重大水文工程有关的地质问题的方向。例如在一个构造体系中，断裂系统的分布规律和它们各个组成成分的封闭性或张裂性，对解决矿体勘探设计、煤矿坑道设计、储油构造的详察和开发以及其他与水文工程有关的地质问题，往往具有决定性的意义。第一条在另外一些地方谈过一些，以后如有机会再谈。第二条是联系生产实践的问题。人们不禁要问，地质力学对解决生产问题，究竟有什么用处？我想，最好是让实际工作来回答这个问题。江西908队在这一方面的工作做得很出色。近两年来，他们运用了构造体系分析的方法，结合实际情况，终于发现了一条比较合适的道路，找到了许多矿点，并且在某些点找到盲矿体，探明了可观的储量。贵州某处，在新华夏系构造带中，S形和帚状断裂转弯处，发现了十多条富集的汞矿带。吉林某地找金矿未能完成年度任务，后来据说“运用了地质力学方法”，仅在一处，就找到了纯黄金十余吨。青海共和县东南龙羊峡地区的构造型式分析，对建设一个大型水库，提供了基建设计必需的资料。广东新丰江地震问题，几年来，把摸清当地断裂系统的工作和微量位移以及地应力测量和地震仪观测工作结合起来，在当地地震的起因和规律方面，发现了一些苗头。现在我们在这点儿经验的基础上，向内地又投入了大批力量，开展了地震地质工作，为内地基建工作开辟道路。所有这些艰难的工作，都有我们进修班的同志参加，他们和其他同志一道，为完成国家给予的生产任务，贡献出自己的力量，并且还在继续做出贡献，这是使我们感到十分兴奋的。

（二）结合有关专业，多方面进行探索，扩大和巩固地质力学的基础。

上面提出的任务，主要涉及野外工作。我们要从实际出发，这是对的。野外是个汪洋大海，野外层出不穷的现象，归根到底，是我们向大自然做斗争的对象，那里充满着我们认识自然的泉源。可是，从我们的工作方法来看，野外观测毕竟只是工作方法的一个重要方面，我们还需要使用各种手段，运用近代科学技术中可以使用得上的各种方法，来解决实际问题和理论问题。

“应力矿物”的研究，是一种与地质力学有关的专业。这一方面的研究，与变质岩带的研究很接近，但研究的方法和目的不完全相同。如何把应力矿物的研究和结构面性质的鉴定工作联系起来，是不是有些变质岩带或构造岩带也形成定型的构造型式，值得做进一步的探索。

“绝对”年龄鉴定，作为一个专业，已经广泛地被承认了。在地质力学工作中，为什么也要搞“绝对”年龄鉴定，却不是尽人皆知的。我们搞“绝对”年龄鉴定的主要目的，在于确定一个构造体系组成部分之间的成生联系。在某些地区，一个构造体系的许多组成部分，往往穿插在时代大不相同的岩层、岩体中。在那种情况下，你怎么知道它们属于同一体系？例如对于一个山字型构造的前弧和脊柱的认识，经常遇到这种困难。如若用作鉴定年龄的矿物标本，选择得当，问题是不难解决的。

岩组分析，对于岩块内部某些矿物组合条理的辨识，是长久以来行之有效的方法。那种条理，除了由沉积和热影响所产生的以外，都是过去应力活动在岩石中留下来的陈迹。这正是地质力学所追求的东西。如何在适当的地点，适当地选择标本，来帮助构造体系的分析，还需要下一番功夫。

模拟实验，虽然不能称为一种专业，但从事这种实验，需要一定的经验，在技术和艺术方面，也有一定的要求。有些人过于轻视它，甚至菲薄它，也有些人过于倚重它，这两种看法都不切合实际。当然，很容易理解，从模拟实验中所得到的东西，例如一种构造型式，和自然界的东西不是等同的。可是，经验告诉我们，从一块泥巴、一块柏油甚至浓度很大的乳胶等物质，经受了一定的应力作用而产生的形变，或者从一块塑料在应力作用下，它的光弹性所反映的变化，在我们认识许多构造型式或构造运动的过程中，确实起了相当重要的启发和辅助作用。在这里需要强调一下，我们从来不把构造型式的鉴定落实在模型上，而是要求落实在岩块或地块中出现的构造体系上。如果把模拟实验和应力场的分析工作结合起来，就更有意义了。

岩石试验，是了解岩石的力学性质，并且取得数据的手段。目前，我们还无法对广大的地区，用各种方式加力，像模拟实验那样，来进行综合性的实验。但是，我们可以用人为的方法，模拟岩石在自然界中存在的条件，对岩石试件加力，来检验它在结构上发生的变化。这种选择适当的岩石试件，在不同温度、不同围压的条件下，从事实验的工作已经行之已久，而且就若干类型的岩石试件，取得了一些数据，例如有关它们屈服强度、破坏强度、弹性形变的限度、非弹性形变的程度、应力作用对它的电阻和传波速率的变化、浸透在岩石试件中的各种液质（如水或原油）对它的强度的影响、传热率和温差梯度在应力作用下的改变等，在不同程度上反映了岩石的力学性质。但是，必须指出，试件毕竟是试件，试件对应力的反应与自然界存在的岩石对应力的反应，不一定是等同的。怎样把实验室中从试件得到的数据搬到自然界中去应用，是个相当复杂的问题。这个问题直到现在还没有完全解决。

岩层中的流变（物质或材料在应力、应变、温度、湿度、辐射等条件下与时间因素有关的变形和流动）现象，很明显，是岩石在地应力场中非弹性的表现。一般地质工作者，对这种现象的认识，没有问题，或者问题很少。问题在于在什么条件下，自然界的岩石发生了流变。很容易理解，高温和高压是促使岩石发生流变的重要因素。但在某种情况下，如在小型冰川的底下，温度肯定不高，压力也很可能不超过某些砾石的屈服强度，可是那里的岩石也往往呈现流变的现象。这就迫使我们考虑到，应力，哪怕微弱的应力，在它对岩石长期作用的过程中，时间可能是导致流变发生的主要因素。这是一种揣测，也有人做了一些蠕变（在恒定载荷作用下，变形逐渐随时间的增大而增大的现象）的实验，证明了在一定的范围以内，各种材料，包括岩石，蠕变是千真万确的事实，不过各种物质的蠕变限度不等，就岩石来说，初期的蠕变——有人称为一时的蠕变——是比较显著的，它有一定的限度，至于长期的蠕变、无限度的蠕变究竟怎样，我们现在还没有掌握实验的资料，这一方面的实验工作还有待发展，困难有待于克服。

古地磁的工作，在国外，绝大部分是利用某一地质时代的岩层或岩体的磁性南北向与现今当地地理上南北向的差异，来推断大陆作为一个整块转移的方向；也有时利用岩层中古地磁方向的转变，来验证有关岩层的对比。这些方法是可以使用的。但是，既然认定整块大陆的转动和移动，可以由岩石磁性反映出来，那么，又怎么可以忽视，在一个地区，在扭动构造体系发生以前，各个岩带的地磁方位，在扭动以后，会发生转变的可能呢？这种可能性，正是地质力学需要寻找的标志。地磁的变化是极为复杂的现象，片面地利用某种关系，就对大陆块或其中一部分的运动做出结论，是不保险的。

大陆运动和海洋运动，在地壳运动问题中应该是可以相提并论的两个方面，也是不可分割的两个方面。但是，这两个方面的问题，从现象论来说，是各不相同的。因此，首先需要采取不同的方法来分别处理，然后再把分别处理的结果联系起来，找出这两种运动在实质上的统一性。

对处理海洋运动问题来说，我们可以采取两种不同的方法。一种方法是对海底的地貌进行考察。例如在广阔的太平洋中，已经发现了许多被割切而形成的平顶火山锥，名叫盖约特，它们的平顶今天沉没在海面以下 700 ~ 2000 米不等。在太平洋的沿岸，尤其是在太平洋西岸一带，也就是亚洲大陆东部边缘的海中，曾经发现了许多古河床，它们今天沉没在海面以下 540 ~ 720 米、1300 ~ 1500 米、2000 米以上的不同深度。另一种方法是对大陆上各个地质时代海侵海退的范围和规程进行调查研究。这种调查研究工作，主要依靠古生物学方面提供化石分带的资料。化石分带的问题，也就是地层分带的问题。根据过去的经验，这方面的问题是比较容易引起争论而不容易得到大家一致的结论的。

但是，在我们的国家里，有条件进行这方面的工作，并很有可能得出不可动摇的结论。例如在华南地区，晚古生代时期，有过相当广泛的海水进退运动，同时也有过强烈的构造运动。我们需要特别注意一场强烈地壳运动前后所产生的海相地层，并进行详尽的分带工作，才能证实当时的海侵海退现象究竟是否和地球上其他低纬度地区海侵海退的现象相符合，是否显示一定的规律性。华南石炭纪和二叠纪地层，对开展这一方面的工作，看来是可以考虑的对象。

关于大陆运动是否具有相应的规律性的问题，我们可以从构造体系排列的方位出发，再根据岩石力学性质、构造应力场的分析以及构造位移的测定，我们就能够比较正确地得出关于大陆上区域性运动乃至大陆整块运动的主要规律。根据已经获得的事实，这条规律是大陆整块的运动和区域性或局部性的构造运动，一般都具有向西和向赤道方面推动的方向性，各种类型的扭动构造体系，也可以归纳到这两个方向的运动，它们是在不同的地区、不同的环境下所产生的变种。

如果通过更广泛的实践，进一步加深了我们对于东西向（纬向）构造带、南北向（经向）构造带和各种扭动构造型式等三大类型构造体系的方向性的认识，你就很难否定，大陆运动和区域性的构造运动与地球自转轴在方位上的联系。这种联系，不是偶然的，而是必然的。推动这些运动的主力是从哪里来的？对这个问题，还存在着意见的分歧。地质力学认为，巨大而又集中的和一些分散的纬向、经向构造带以及大批山字型构造都明确显示，产生这些构造体系的动力，起源于地球自转速度的变化。关于这一点，以前已经反复有所论述，在此无须多谈。

海洋运动，对地球自转速度的变化，无疑更为敏感。在地球自转速度加快时，全球的海面，应该相应变得更扁，就是说，两极方面，海面下降，低纬度方面，海面上升。这种海面分异运动，可能持续到大陆运动和区域性构造运动将要达到高峰的阶段。到大陆运动和区域性构造运动达到了高峰的时候和在此以后，由于大陆整块滑动而发生了“刹车”的作用，以致一部分能量消失，它的角速度（描述物体转动或一质点绕另一点转动时角度变化快慢和方向的物理量）就不能不变小，因此，全球海面的扁度，也就不能不相应地变小。就是说，这时候两极方面的海面相对上升，低纬度方面，海面相应下降。当然，由于大陆上区域性的升降运动而产生的局部海侵海退现象，不在此例。这种海洋运动与大陆运动和构造运动的关系，应该对上述构造运动起源论，提出有效的验证。

为什么地球自转速度会发生变化？在这个问题上，人们的意见分歧就更多也更大了。但是，地球自转速度可能发生变化这一点，各学派都很难否认。

大家知道，地球是个尚待开发的巨大热库，它的表层地温梯度平均每百米3℃上下，实际上，有些地方比这个数字大得多，有些地方比较小。是什么原因使局部地温发生异常呢？在此简单地谈一下。局部岩体的传热系数、局部构造的特征、局部地应力的活动、局部岩层中所含的可燃性物质的影响、深部温度较高的水和气局部上升，对周围岩石的影响，等等，都值得根据实际情况进行探索，有可能在生产实践方面加以利用。因此，我们地质力学工作者不应该忽视局部地热异常的问题。

不管局部地热异常的原因是什么，总起来看，谁都不能否认，越到地球深部温度就越高。存在于太空中的这样一个热体，就不可避免地要失掉它的热能。但是，我们知道，地球表层岩石中含有大量放射性元素，在硅铝层中，钾、钍、铀之类，尤其普遍。因此，有些人认为，地球的体温，不是在下降，而是在上升；它的体积，不是在缩小，而是在胀大。这种看法，对地球自转速度变化的推论有很重要的关系。由于我们对地球中所含放射性物质的总量，以及它们在地壳表层分布规律一无所知，所以光从放射性物质发热的论点，我们很难断定地球究竟是在长期收缩的过程中，一次又一次经过膨胀的阶段，还是一直不断地在收缩呢？或者相反。

如若你根据上述传统的看法，主张地球冷缩说，那么，它的体积缩小，质量必然更集中，惯性动量必然减少，自转速度就必然加快；如若你主张海洋部分陷落，也会发生同样的后果；如若你主张地球内部物质不断发生分异运动，也会发生同样的后果；如若你相信地球内部发生对流，那么，当轻重不等的物质自下而上和自上而下对流的时候，它的惯性动量也不可避免地要发生变化，因而它的自转速度，也不能不发生变化；即使你主张地球膨胀说，那么，胀大了的地球惯性动量不能不加大，它的自转速度就不能不变小。这是考虑地球内部可能发生的变动，对它自转速度的影响。

还有作为一个行星的地球，它的运动也显然不能脱离外界的影响。对它影响最显著的是离它最近的月球。大家知道，通过潮汐作用，月球只能使地球的自转速度变慢，而不能使它变快。虽然这种使它自转变慢的影响不大，但如若在地球长期存在的过程中，它继续不断地变慢，没有其他因素使它变快，它是不是会接近于停止自转？至少，在地质时代，从它的表面构造形态的变化规律、动植物群的生活状态以及冰期反复出现等事实，还找不着它的自转速度一直变慢的征象。

斯托瓦斯所搜集的大量资料表明，第四纪以来，除了个别地区以外，极圈的海面下降、近赤道地区海面上升。这样广泛的海洋分异运动，不像是由于局部地区升降而产生的结果，而是反映了我们现在正处在地球自转速度变快的时期。月球现在正在缓慢地离开地球，这也显示地球自转速度在加快。有人认为月球是从太平洋方面飞出去的，甚至说是白垩纪时代飞出去的。这种说法，未免走到极端，看来是不符合事实的。有史以来，地球各处陆续发生了极为强烈的地震，也说明许多构造体系，还继续处在活动的状态，因此，地应力测量、地震地质的工作，具有特别重要的意义。

（三）争取广大的野外地质工作者就地检验地质力学的某些概念和工作方法，并加以改进。

地质力学是一门边缘学科，它的一条腿站在地质学方面，另一条腿站在力学方面。反映地壳运动的一切现象，是它考察和研究的对象。由于地壳运动而产生的一切现象，包括构造体系的规律、海洋运动的陈迹等，是实际的东西，从地质力学整体来看，关于这些东西的知识是它主要的内容。按照认识运动的过程来看，我们必须把那些对于客观存在的感性知识，在主观方面加工，精炼出理性的知识。这就需要力学出来帮助，否则地质力学只能停留在描述现象的阶段，而很难揭穿那些现象发生的内在因素。这两条腿在地质力学的领域中，各自所占的范围，虽然有大有小，但它们之间的联系是密切的。大家知道，理论是实践的总结，它又转过来指导实践。我们用力学方法来搞点儿理论，不是为了别的，而是为了更深入地、更精确地认识地壳运动现象，更准确地掌握它的规律。那种为理论而搞理论的做法，是空洞的，无所归宿的，即使你竭尽思虑去搞，终究也是行不通的，要是结合实际去搞，那就大有可为了。

中华人民共和国成立以来，我国地质事业的发展一日千里。地质力学这个学科也相应地得到了迅速的发展。但是，我们工作的进展还远远地落后于需要。为什么进展这样慢呢？有几条很明显的理由：第一，在我们这个号称地质力学研究所的机构里，工作做得不够，还不能够真正起到样板的作用；第二，地质力学可以说是一门土生的学科，过去，人们对土东西总有点儿不大瞧得起，搞土东西的人们，也不是经常能够充分发扬自力更生的精神；第三，由于面临着上面所说的情形，我们往往倾向于关起门来自己搞工作，即使有点儿心得也不大愿意向别人介绍，就是说，我们工作中有脱离群众的倾向；第四，有些搞地质力学工作的同志，对于自己的工作在生产实践方面可能发挥的作用估计不足，尤其是没有尽最大的努力，主动地同有关的生产单位密切结合起来，有效地解决生产实际问题；第五，有些同志错误地认为自己的数理基础比较差，缺乏搞地质力学的基础，即使硬去搞，也不会有什么前途，不如不搞。

上述的一些问题，有的不存在，有的正处在逐步克服的过程中。今后，你们和其他各方面从事地质力学的同志，一定会把地质力学更广泛地带到群众中去，更深入地带到实践中去，更密切地和生产联系起来，更好地为生产服务。当你们回到自己原来的工作岗位的时候，应当依靠组织，是否可以划出一部分业务学习的时间来，邀集一部分同业的同志，在自愿的基础上，组成地质力学研究小组，结合本单位生产实践的经验或教学的经验，对地质力学的一些基本概念和工作方法，加以讨论、检验和改进。让广大的地质工作者和即将参加地质工作的青年同志们，对地质力学中若干基本概念和行之有效的部分，有所了解，有所认识。当我们向广大的地质工作者介绍我们自己的经验或自由探讨问题的时候，我们必须不骄不馁。“这里是两条原则：一条是群众的实际上的需要，而不是我们脑子里头幻想出来的需要；一条是群众的自愿，由群众自己下决心，而不是由我们代替群众下决心。”

成长启示

我们对构造型式的认识需要经过长期的实践，要依靠对野外工作广泛而细致的总结。追求真理是一个过程，认识具有反复性、无限性、上升性。正确的认识往往不是一蹴而就的，需要我们开拓创新，反复实践，在实践中认识和发现真理，在实践中检验和发展真理。

要点思考

1. 是什么原因使地球的局部地温发生异常？

2. 地球自转速度会发生变化吗？

启蒙时代的地质论战

导读

星移斗转，沧海桑田，高岸为谷，深谷为陵。高山不是一直坚如磐石，大海也不会永远波涛澎湃，构成地球表面的那些有形的东西一直在发生变化，促使人们对地质进行探索。在探索的过程中，由于对地质现象的认识不同，火成学派与水成学派、渐变论与灾变论之间掀起了论战。

地球是宇宙中一颗渺小的星体，是太阳系行星家族中一个壮年的成员，有丰富的多种物质，构成它外层的气、水、石三圈，对生命滋生和生物发展来说，具有其他行星所不及的特殊优越条件。

人类生活在地球上，在地球上从事生产劳动，要了解它的历史和现状，这是很自然的，也是有必要的。“地球上”这个词，从范围看，应该包括陆地、海洋和地球表面以下一定的深度，还有在我们地球表面以上的大气层。这层大气也是地球上部的组成部分，大气的底部，与人类的生活息息相关，与地球表面所发生的变化，在很大范围内有密切的联系。人类在改造自然、改善生活的过程中，一直在和地球的表层打交道。看来，有一种趋势，今后还要以更大的努力与大气层和地球深部不断地做斗争。关于大气层中各种问题的探索和解决，主要由气象工作者和天文工作者分别负责；地球表层和深部的探索工作，无疑属于地质工作的范围。

人类通过在地球上从事生产劳动，逐步对地球有所认识，那些认识，最初总是感性的。为了突破“必然王国”的束缚，进入“自由王国”，就首先需要掌握在上述范围内自然界不断发展的规律，才好总结自己的经验，从而把认识自然的水平提高。

地质科学大体上是在这种要求的基础上发展起来的。历史的记载告诉我们，自古以来，就有些人注意到构成地球表面那些有形的东西，不是永远“安如泰山”“坚如磐石”，而是在不断发生变化。这在中国恐怕传说得最早，如中国《神仙传 · 王远》中就提出过“东海三为桑田”。在希腊，公元前 500 年，哲罗芬就注意到现今海水里的螺蚌等类，在莫尔他岛上夹在远远高出海面的崖石中。其他，如宋代（11—12 世纪）的沈括、朱熹，意大利的达 · 芬奇（15—16 世纪）对海陆的变化，都提出了更具体的地质现象做证。所有这些，都是一些粗略的概念，而没有成为地质科学开始发展的基础。

近代地质学，可以说是从西北欧那个小天地之中开始发展起来的。当地当时极顽固的宗教势力，对自然科学，首先是地质科学，跟着就是生物进化论，是不共戴天的。尽管当时的宗教经过了一些改革，那些宗教权威还是死死抱着一种传统的迷信来迷惑广大的人民群众，在意识形态上、在政治上巩固他们的统治地位。他们说，世界是公元前 4004 年，上帝用了 6 天的工夫一手创造出来的。而地质学家和古生物学家，发现了愈来愈多的事实，与上述宗教的迷信是格格不入的。不仅格格不入，而且科学家的观点是为宗教所不允许的。这样，就发生了科学，首先是地质学与宗教的一场你死我活的斗争。由于宗教势力在西方的封建主义和随后的资本主义世界中，有悠久的根深蒂固的传统，到了今天廿（二十）世纪将要结束的时候，在西方，宗教势力的影响并没有肃清。

当地质学开始发展的时候，对地质现象进行探索的主要任务，都是立足在他们所见到的事实上而从事劳动，他们的大方向基本上是一致的。虽然，教会把他们这些人都看作是“异端”，把他们的话都当作“邪说”，而他们彼此之间，却因为观点不同，对同样的现象认识不一致，这就形成了“水成论”和“火成论”两大学派。

一、火成学派对水成学派的斗争

以德国人维尔纳为首的水成学派认为，地球生成的初期，其表面全部为“原始海洋”所淹盖。溶解在这个原始海洋中的矿物质逐渐沉淀，从这些溶解物中，最先分离出来的东西是一层很厚的花岗岩，它铺在表面起伏不平的地球“核心”部分上面，随后又沉积了一层一层的结晶岩石。维尔纳把这些结晶岩层和其下的花岗岩，称为“原始岩层”。他认为“原始岩层”是地球上最老的岩石。他又认为，由于后来海水一次又一次下降露出水面的、由原始岩石所形成的山头，经过侵蚀又形成了沉积岩层，他把这些沉积岩层称为“过渡层”。他认为，“过渡层”

以上含有化石的地层，都是由“原始岩层”变相而产生的东西。他坚持其中所夹的玄武岩，是沉积物经过地下煤层发火而烧成的灰烬，不是岩流。1787年，冰岛（大西洋北部）炽热的玄武岩大量爆发，铺满大片地区，当时在西北欧，人们认为这是轰动世界的大事。在这次大爆裂发生20多年以前，得马列已经在法国中部一个采石场里，发现了黑色的典型玄武岩，他跟着这个玄武岩体一步步地追索，一直到达一个火山口。这一发现完全证明了玄武岩就是火山爆发出来的岩流。这个事实，给了水成论点以严重的打击。得马列不愿意经常和反对者争论，只是说:“你去看看吧。”然而，水成论者还是围绕着维尔纳，坚持他们的论点，始终认为玄武岩不是熔岩凝结而形成的，而是采用了其他不大合理的解释。

维尔纳是当时最有威望的矿物学家。他亲身采集的矿物种类很多，鉴定分类工作也是一丝不苟。他对他的学生也非常认真、非常严格，可是他的性格是异常顽固的。他住在德国的萨克森地区，在一个小矿业学院里从事教学工作。他家境贫寒，没有资金到远处去看看，所以他所见到的地质现象仅限于萨克森地区的地质现象，对地质现象的解释，当然也受到了萨克森那个地区的限制。就萨克森地区来说，他的论点，大致也可以说得过去。

以英国人赫顿为首的火成学派认为，由多种矿物结晶，包括石英所组成的花岗岩，不可能是矿物质在水溶液中结晶出来的产物，而是高温的熔化物经过冷却而形成的结晶岩体。由于花岗岩在地球表面的岩石层中占基础的地位，所以花岗岩的生成问题就和地球上岩石的生成问题，也就是地球发展历史的问题，在很大的程度上是分不开的。火成论者进一步从这种花岗岩母体的边沿部分，找到了许多由它分出的结晶花岗岩脉插入周围的岩石之中，认为石英这一类矿物绝不可能溶在水中，怎么可能从水溶液中结晶出来呢？他们更进一步察觉了和花岗岩体或岩脉接触的岩层，往往很明显呈交错和焦灼的状态，这就更证明了高温熔岩侵入的作用。另外，火成学派经过仔细地察看，组成玄武岩的矿物颗粒，也大都是从熔化状态下受到冷却而结晶的产物。诸如此类的事实，对水成学派的论点都是不利的。

赫顿这个人的性格比较温和，不像维尔纳那样顽固，没有做出像维尔纳那样公开顽强的表现，虽然他在内心对他那一派的观点是很坚定的，但在他的生前，人们很少注意到他所提出的问题。赫顿这一派受到的压力，不仅来自水成学派，而且来自比水成学派更不利于宗教传统的信念，这就受到宗教很严酷的迫害。还有一个原因，就是赫顿学派转入了下一场激烈的斗争，即渐变论和灾变论的斗争。而宗教势力对渐变论的观点是痛心疾首的。

从地质科学的发展历史来看，在这个发展初期的阶段，水成学派和火成学派都做出了一定的贡献，在近代科学萌芽的阶段，他们在不断的斗争中，陆续地把地质科学向前推进。

当时斗争的激烈情况，可以从下述故事中得到一点儿印象。在苏格兰爱丁堡一个小山上的古城下，两派开了一次现场讨论会，彼此互相指责和咒骂达到了白热化的程度，结果用拳头互相殴打了一场，才散了会。散会以后，在愈来愈多有利于火成学派观点的事实面前，一时在地质学中占统治地位的水成学派内部逐渐瓦解，一向坚决支持维尔纳的门徒也一个个溜走了，最后以水

成学派的完全失败而告终。这样，人们对地质现象的认识就大大地提高了一步。

二、渐变论对灾变论的斗争

以法国居维叶（1769—1832）为首的灾变论学派认为，过去世界上一次又一次发生过灾难性的大变化，经过每一次灾变，世界的景象突然改变。例如过去有过洪水时期，在这个时期，洪水到处泛滥，山川原野和一切景物都改变了面貌，生物大批灭亡，经过这样一次毁灭性的变化以后，一个新的世界又重新出现。灾变论者指出，像1765年毁灭意大利的庞贝和赫库兰尼姆那些巨大的繁荣城市，活活地把千千万万人埋在横扫一切的岩流之下的灾难，（公元79年，庞贝和赫库兰尼姆两座城市毁于维苏威火山大爆发，这里的说法有误）当时，这在西欧广泛引起了极端的恐惧。灾变论者抓住这些事实，于是纷纷议论，说既然在意大利的一个地区现在有这样的事实发生，难道在全世界更古的时代，就没有发生过规模更大的火山爆裂、白热岩流广泛流注，造成更可怕的灾难吗？如若灾变论者当时知道，在印度西部，大约在始新世时代，在中国西南部，石炭－二叠纪时代，地下突然有大量玄武岩迸出，范围之大远远超过了毁灭庞贝那一次的火山爆裂。如若灾变论者当时知道，在人类已经出现的时期，在世界上不止一次出现了厚度达几百米乃至几千米的冰流，填满了山谷，覆盖着原野，形成一望无际的冰海，这个冷酷的景象，给人类和其他生物带来的灾难又是来得多么突然！多么可怕！我们今天追索地球上一切景物变化的过程，还可以代替灾变论举出其他不少毁灭性的变化来支持他们的观点。例如，在地层中我们往往发现古生物群忽然而来，忽然而去等。

另外，还值得提出的是，灾变论者指出了洪水为灾以致生物大批死亡，这很接近《圣经》中所提的洪水为灾的故事，因而得到了宗教势力的支持。

灾变论者指出了地球上突然发生的巨大变化，这对人们认识自然现象有一定的激发作用；而他们片面地强调这些现象，好像大自然的变化是没有秩序、没有规律的，这又对人们认识自然所需要的科学态度，无所启发。

渐变论的倡导者，实际上也是以赫顿为首的。在他和水成论做斗争的年代里，他愈来愈清楚地认识了地球的自然变化，是极其缓慢的，现在是这样，过去也不外乎是这样。赫顿认为，我们只能根据现在在世界上发生的一切，来了解和追索过去发生的一切，他认为这是很现实的。什么世界时时受到超自然灾难的设想，对赫顿来说，简直是神秘不可思议的。他对于这一点的信心，最好是用他自己的语言表达出来，他说：“推动自然现象除了对于地球是自然的力量以外，再没有别的力量可以适用，除了在原理上我们所知道的行动（指自然界）以外，再没有别的可以许可”。赫顿毫不含糊地指出，现在地面上的山谷原野，并不是一成不变的，而是逐渐消耗剥落成为泥沙、石子，被流水带到海里成层地积累起来，这些东西要是固结了就和陆上的岩层一样，积累是非常慢的。陆上那么厚的岩层该代表多么长的时间！这就说明地球的过去是一段令人几乎难以置信的漫长历史，这个漫长的地质历史时期，自然力流行，看来和今天没有什么不同。

赫顿的论点，在他生前虽然没有引起人们的注意，但到了他的晚年即18世纪的末叶，人们关于地层的知识一天比一天丰富起来了，因此灾变论也就悄然无声地被渐变论代替了。特别是18世纪后期，英国的史密斯（英国地质学家）在他开掘运河的工作中，取得了大量有关地层的资料，运用化石划分地层、对比地层。根据化石的种类，不仅在西北欧那一小块地方建立了地层发展的程序，从而揭开了漫长的地质历史，而且这一方法的运用还扩展到了世界的许多地区。

19世纪中叶，莱伊尔的名著《地质学原理》一书，总结了到他那个时代为止的经验，提出了“渐变论”这个名词。他把对矿物、岩石、地层、古生物等方面的研究，都纳入了地质科学的领域。他第一次把维尔纳的“原始岩石”中的结晶岩层分别出来，称为变质岩类。“变质”这个词，明确地显示着一切变质岩类，都是由普通的沉积岩层经过高压和高温的作用，发生了结晶和再结晶而形成的。后来的工作，证明了莱伊尔的看法是基本正确的。

莱伊尔对火成岩的组成和形态做了分析，指出了它们在许多地质现象中，并不像火成学派与水成学派激烈论战时那么重要。从莱伊尔的著作中可以看出，地层中所含的化石，是追索地球历史发展过程的主要资料。莱伊尔的这个观点，奠定了现代地质科学发展的基础。可以说，一百多年以来，全世界的地质工作基本上是以地层学为主导的。人们在这里、那里，在这个时代、那个时代，发现了火成岩的活动、地质构造运动和生物世界层出不穷的变化等，都是在很大的程度上与地层学和古生物学的发展分不开的。

为了寻找矿物资源，世界上许多地区设立了地质调查机构，取得了大量的地质资料，特别是有关地层的资料，这就大大地扩展了地史学的领域，大大地丰富了它的内容。但是，由于一百多年来，人们对地质现象的认识和采用的方法，基本上是以地层所提供的资料为主导的，这样做，固然发展了地质学，但也束缚了地质学的发展。地层的记录，无论在哪个地区，都是残缺不全的，即使把全世界各处保存下来的地层全部拼凑起来，也不能反映地质时代的全部历史，而地质时代的历史，仅仅是地球历史极短的、最后的几页。

在这一百多年来，现代的地质科学虽然没有重大的跃进，但也发现了一些极堪注意的大问题，至今还没有得到解决。现在，把这些重大的问题分篇扼要地叙述一下。

成长启示

达尔文曾说："科学就是整理事实，以便从中得出普遍的规律和结论。"我们要想对地球有客观、理性的认识，就要掌握自然界的发展规律，总结自己的经验，才能提高认识自然的水平。认识地球是如此，日常生活也是如此，我们要善于掌握事物的规律，把握事物的正确动向，从而取得更好的成效。

要点思考

1. 火成学派和水成学派分别以谁为首？

2. 灾变论学派是怎样解释地质现象的？

地层工作的要点

导读

地质工作源于人们对矿物资源的认识和利用，它是人们认识和改造自然，满足物质生产和生活需要的一个重要方面。在地质工作过程中，人们获得了很多关于地层的资料，基本以地层学为主导开展地质工作，也发现了一些值得注意的重要问题。

一、地质时代的划分

所谓地质时代，并没有严格的界限，一般是从最老的地层算起，直到最新的地层所代表的时代。最老的地层，当然包括变质岩层，最新的地层不包括冲积层。

广泛的实践经验证明，除了火成岩以外，许多不同时代建造的地层往往含有不同种类的化石，其中经常可以找出若干族类、种类只出现于某一段地层或者仅限于某几层地层。根据这种普遍存在的现象，在每一个地区从事地质工作的人们，经常注意在地层中寻找化石或者化石群作为标志来和其他地区的地层对比。有些化石是很特殊的，在上下地层垂直分布的范围很小，而在全世界的水平分布却很广。不管在各处的地层的岩石性质是否相同，只要它们所含的化石或化石群相同，它们的地质时代就是相同或大致相当的。这样一来，古生物化石的研究就成为划分地层的重要途径。

尽管在古代，宗教徒对化石公然提出了一些诡怪的说法，然而那种迷信很快就被古生物学揭穿了。

这样，从发展过程的历史来看，古生物学和地层学是密切联系着的两个学科，但是就在它们发展的过程中，发生了争论，形成了两派：一派主张古生物学和地层学应该合起来搞；另一派主张把古生物学分开，让地层学站在一边，而由古生物学自己根据生物进化的过程建立一门独立的学科。这两派有时争论很激烈，有时也按传统习惯“各自为政”，到今天形势还是这样。

不管怎样，利用古生物遗迹和遗体来划分地层，在世界范围内，对地质的历史已经做出了很大的贡献。而地层在层序上，在阐明上下的关系，也就是新老的关系上，对古生物某些种族的发展过程，也提供了确实可靠的依据。

含有古生物遗迹或遗体的地层，只限于全部地层较新的一部分。这个较新的一部分，已经根据上述的观点，划分为若干时代的产物。但是，现在已经发现了，还有很厚一段较老的地层基本上不含化石，那就需要用其他的方法来鉴别它们产生的时代。未变质或浅变质的较老的地层，在中国叫震旦系，最厚达1万多米。但是，这个名词，在国外有的用，有的还固执地不用，统称为前寒武纪；而我们国家搞地质的也有一种跟外国传统走的倾向，也跟着叫前寒武纪，而不叫前震旦纪。

自从某些物质蜕变现象被发现以来，人们就利用某些元素，特别是铀、钍、钾等的蜕变规律来鉴定地层的年代。因为，用这个方法，可以求出地层中或火成岩体中原来所含蜕变矿物存在的年龄，所以，一般称为绝对年龄鉴定法。实际上，所谓绝对年龄，并不是绝对的，它只提供一个概略的数字。因此，这个名词不恰当，最好称作同位素年龄鉴定法。

二、地质构造运动的时期问题

地层并不是在水里或陆地上一层加一层平铺上去的东西，而是在它们形成的某些阶段、某些地带发生了程度不等、方式不同的运动。这种机械运动，只要达到了一定的强度，就从参加运动中的地层的特殊结构反映出来。运动以后，受影响的地层，就不再是一层一层平铺上去了，而是发生规模不等的挠曲、褶皱、断裂等现象。同时，有些地区，由于受了挤压或地下深部隆起，上升成山岳；另外一些地区平缓地下降成为洼地、湖沼或为海水所淹没。在山岳地带，由于大气中的侵蚀作用，高山逐渐被剥落，乃至夷为平地；而在低洼地区，就接受那些剥落下来的物质，如石块、泥沙之类，暂时地或永久地停积下来。经过了这样一次地质构造运动以后，如果大面积地区又被淹没，那么在被削平了的挠曲、褶皱的地层上面，又会沉积一系列平铺的岩石。这些新沉积的岩层和其下老岩层不整合的关系，就标志着在某一个地质时代，地球上某一地区或地带发生过比较强烈的运动。有时，在这种运动发生的时期，在有关的地区往往有不同形状的火成岩侵入，同时那些侵入体有时带来了各种有用的矿产，这一切，当时也被削平了，也为新地层所覆盖。

上面所说的现象，是在地球上许多地区经常见到的现象，它们对有关地区的地质发展过程，也就是那个地区的地质历史是具有极其重要意义的，这一点没有问题。问题在于：

（1）究竟这一段历史发生在什么时代，就是说在不整合面的上面的地层和下面受了短期或长期侵蚀的地层，能不能依靠古生物的鉴定，或者同位素年龄的鉴定来找出确切的答案呢？一般，确切的答案是很难得到的。

（2）在不整合面代表一个长期受侵蚀的情况下，难道不会在这个受侵蚀的时期中，在不整合面上，有个时期被水淹没过，也停积过沉积物，后来，由于上升露出水面，又被侵蚀掉了？这样的过程，就没有地层的记录可考，我们不能排除这种情况的可能性，也不能排除这种事情反复发生过几次的可能性。中国北部，奥陶纪地层和石炭纪、二叠纪地层之间，有很长的时期，缺乏地层的记录，这就是很好的一个例子。

（3）既然侵蚀的时间不能确切地鉴定，那就很难把在某一个地区发生的某一次运动和另外一个地区发生的某一次运动，严格地联系起来作为同一运动看待。特别是那两个地区相隔很远，对比起来就更没有把握。

但是，一百多年来世界各地的地质工作者，趋向于共同的认识，他们认为各地质时代中，地球上发生过几次强烈的运动，而每次强烈运动大体上是同时的。这里，我们需要追索一下这个概念形成和发展的过程。那几次巨大的运动，最初主要是根据西欧那个局部地区的地质条件定下来的，后来把它推广到世界上许多其他地区。事实上，在逐步扩大范围的过程中，在时间对比的问题上，已经引起了不少的争论。

尽管这样，最初的那个概念，一直占着统治地位，传到了俄国，也传到了中国。所以，在中国的地质工作者，也就认为在我们的国度里也有什么加里东运动、华力西运动和阿尔卑斯运动这三次极其强烈的运动，也就不知不觉地套用了什么加里东等的名称，所以在地质工作者之间往往就发生这样毫无意义的争论：譬如，秦岭这条山脉，你说是加里东运动形成的，他说是华力西运动形成的，诸如此类。这就说明一个问题，我们地质工作者，把外国的东西生搬硬套，用来解决中国地质上的问题，这样就带来了严重的错误和巨大的损失。

事实上，根据中国地层发育的情况和其间不整合的关系，中华人民共和国成立以来，我们已经证实了一些规模巨大的运动。譬如说，燕山运动（在中生代时期）、吕梁运动（在前震旦纪时期）等的存在，而这些运动在欧美等地区就不那么显著。甚至，从那里地层发育的现象得不到证明。反过来说，阿尔卑斯运动（时间是在第三纪的中叶）在欧洲的南部，确实是很激烈的，而在中国就见不到同时发生的强烈运动的痕迹。

以上所说的这些运动，都是针对运动的时期或局部的方向而言，很少涉及在每次运动波及的范围内所造成的构造形式，关于这一点的重要性，另有论述。

三、地槽和地台问题

同一个时期的地层在地理条件不同的地区，构成它的沉积物的性质和厚度往往不大相同。就地层的厚度来说，有的地区从零到几米或者仅仅几厘米，而在另外一个地区厚度可以达到几十米或者几百米；就沉积物的性质来说，在某些地区是泥沙层或石灰岩层之类，而在另外一些地区主要是粗、细砂砾岩层、煤层或夹若干石灰岩层等类的物质造成的。这种在地面上沉积物的变化，一般大都可以用地形隆起、低洼，沉没在水中或海中的深浅来加以说明。不过，通过这样的解释，来说明同一地质时期所产生的地层的变化，是有限度的，是一般性的。

1859年霍尔在北美东部阿巴拉契亚山脉的北部，发现了受过强烈褶皱的古生代浅海相地层，其厚度共达12千米以上。就是说，比在阿巴拉契亚山脉以西的同一时代，几乎无褶皱的岩层，厚10倍到20倍。既然那些沉积物是浅海的产物，那么它们的产生必然是由于它们沉积的地带，边沉降、边沉积而造成的东西。后来，在那一带浅海沉积中，又发现了夹杂着火山岩流之类的复杂岩层。1873年，达纳进一步调查研究了这种现象，他把这样长期的沉降带和其中的沉积物，统称为地向斜（中文译名为地槽）。达纳以后，在世界其他地区，又发现了不少主要是由浅海沉积物形成的厚度很大的狭长地带。在这样的地带积累起来的沉积物，必然是那个地带边下沉、边沉积而产生的。地槽这个概念，也就逐渐普遍地被接受下来了。其中，显著的例子就是北美西部的科迪勒拉地槽，南美西部的安第斯地槽，欧洲的阿尔卑斯地槽，欧亚分界的乌拉尔地槽，中国的祁连山、秦岭地槽等。

人们对地槽的认识，在地质构造现象中，确实提出了一个比较重要的问题。但是，也引起了一些疑问，首先是地槽的概念，不是那么明确。因此，在推广这个概念的过程中，就出现了各式各样的地槽，有的甚至与原来认为是典型地槽的特点并不符合。这还是次要的事情，更重要的问题是，在地球上为什么发生了那些“地槽”？讲地槽的人们，好像认为地槽是天生的，不允许过问它的起源。科学工作者，对世界上的万事万物就是要问个为什么，闭口不谈地槽的起源，是非科学的。我们毕竟要问，每个确实存在的“地槽”，它为什么恰巧出现于它所在的地方？为什么所有地槽都占有一个长条形的地带？为什么经常有和它相伴随的、相反相成的隆起地带？这种隆起地带有时夹在地槽中间，有时靠近地槽的一边。当然，这些隆起地带由于受到侵蚀，现在或者已为平地，或者是和地槽中的沉积岩层一起转入了强烈的褶皱，有些人把这些伴随地槽的隆起地带称为地背斜。这个名称，恰好是和地向斜相配合的。根据这一类事实，如果我们把地槽和伴随它的地背斜，当作大陆上某些地带发生的巨型挠曲、褶皱看待，看来是合理的。就是说，地球上大中小型的褶皱，在实质上基本是相同的，其不同之点，只是规模的大小，这样看问题，我们就可以把地向斜（地槽）、地背斜和其他大小型的向斜、背斜同样当作地壳形变现象处理。那种把地槽看作地球上特殊的、不需要过问起源的、天生的形象的论点，是不可知论，是反科学的论点。

地槽以外的地区，往往存在着褶皱甚为平缓，除了整体略为上升下降以外，看不出什么显著运动迹象的稳定地块。乌拉尔山脉西侧广大的地区，就是属于这一类型的地块。俄罗斯的地质工作者们抓住了这一特殊现象，称它为俄罗斯地台。以后，他们在乌拉尔以东，又发现了一大块平地，叫作西伯利亚地台。从此，他们又推广了地台这个名称，一直推到中国来了，称中国这个地区为中国地台。其中又分为若干个较小的地台。经过长期的地质工作和比较深部的探测，人们在地台策源地的俄罗斯地台下面，发现了相当强烈的褶皱和火成岩的活动。而西伯利亚地台区，表面尽管平缓，下面的地层在有些地方褶皱也是非常剧烈的。在中国，全国范围内地层的褶皱，一般都是比较明显的，而在很多地带又是极为强烈的。所以就在套用了中国地台这个名称的基础上，不得不把各式各样的地台，越划越小，在中国的大地构造中，就出现了许多这个、那个地台，而在这个、那个地台中又发现了褶皱带和断裂带互相穿插的情况，又创造了一个新学说，叫作“地台活化”论。请看，“地台活化”了，那还叫什么地台呢？这一个小小的例子，本来不值得一提，但是从这里可以看出，西欧和苏联地质学界的这种主观主义和形而上学的观点，是怎样深深地影响着一部分中国地质工作者的，这就不是一个小事情。

四、沉积矿床

各种沉积层中的沉积物，有的具有工业价值，有的还没有找到工业上的用途。具有工业价值的沉积物，有的单独成层夹在普通岩石之中，有的工业矿物成薄片和普通岩层夹杂在一起，有的和普通岩石颗粒混杂在一起。关于成层的沉积矿床，最普通的例子有煤、铁、铝、磷、硫、岩盐、钾盐、石膏及其他盐类等。夹杂或混杂在岩层中的沉积矿床种类甚多，在岩层中聚集或分散的形式往往大不相同，这种夹杂或混杂在岩层中的有用矿物的来源，绝大部分是从原生矿床或含有那些有用矿物的古老岩石，经过侵蚀、风化和天然的分选而来的。这种类型的矿床，最值得注意的有含铜砂岩，含磷、含锰的岩层，含金、含铀的砂砾岩以及其他稀有金属、稀土元素、分散元素等。

以上是针对由固体的矿物形成的固体矿床而言，除此之外，还有一些液体和气体的有用矿物质资源存在于岩层中。因为构成岩层的矿物颗粒之间，经常有大小不等的空隙，液体或气体往往充填这些空隙，其中具有最重要工业价值的液体和气体，就是大家所知道的石油和天然气。地下水也是夹杂在岩层中的极其重要的成分。在某些地区，特别是干旱和盐碱地区，地下水对广大人民群众的日常生活和社会主义工农业建设，都是一种必不可少的资源；而在另外一些地区，如某些矿山开发的地区，它又可能造成灾害。

由于石油、天然气和水的特殊重要性以及它们在地下的流动性，地质工作者必须不断总结野外观测和实验的经验，通过实践、再实践来阐明这些矿物质的分布、动态和集中的规律，查明它们集中的地带和地区，分析它们的组成成分。显然，我们需要用特殊的方法来处理有关这一类资源的问题，与固体矿床的处理方法有所不同。就石油来说，我们首先应该根据地质和古地理条件来寻找哪些地区具有有利于生油的条件。所谓有利于生油的条件：

（1）需要有比较广阔的低洼地区，曾长期为浅海或面积较大的湖水所淹没；

（2）这些低洼地区的周围需要有大量的生物繁殖，同时，在水中也要有极大量的微体生物繁殖；

（3）需要有适当的气候，为上述大量的生物滋生创造条件；

（4）需要有陆地上经常输入大量的泥、沙到浅海或大湖里去，这样，就可以迅速把陆上输送来的有机物质和水中繁殖速度极快而死亡极快的微体生物埋藏起来，不让它们腐烂成为气体，向空中扩散而消失。

石油生成的论点很多，直到现在还莫衷一是。不过，大体上看来，上面的观点可以说是大致符合实际情况的。这仅仅是就石油的生成，也就是它生成时，当初分布的主要特点和一般情况而言。在地种分散的情况下，生产出来的点滴石油混杂在泥沙之中，是没有工业价值的，必须经过一种天然的程序，把那些分散的点滴集中起来，才有工业价值。这个天然的程序，就是含有石油的地层发生了褶皱和封闭性的断裂运动。

所以，我们找石油的指导思想：第一，要找生油区的所在和它的范围以及某些含有油气苗的征象（关于这一点，不是经常可以找到的，如果石油埋藏和封闭得比较好的话）；第二，进一步查明适合于石油、天然气和水聚集的处所，石油工作者称那些处所为储油构造。但是，过去根据地槽、地台的观念看不出生油区之所在，储油区和储油构造分布的规律，因而产生了中国贫油论。现在，贫油论已经破产了，今天看来，在寻找石油的工作中，今后在祖国960万平方公里的土地上和邻近的浅海区发现更大的油区和更多的油田是完全可能的。

成长启示

在干旱和盐碱地区，地下水是一种必不可少的资源，对人们的日常生活和工农业建设具有重要作用；而在矿山开发等地区，地下水又有可能带来灾害。事物都是具有两面性的，从不同角度看待同一事物，会得出不一样的结果。我们应该用全面的眼光看待问题。

要点思考

1. 石油生成的条件有哪些？
2. 作者提出了哪些寻找石油的指导思想？

三大冰期

导读

冰期是指地质历史上气候非常寒冷，陆地被大规模冰川覆盖的时期。在我们生活的地球上，曾经有过三次这样的大冰期，你知道这三次大冰期的具体情况是怎样的吗？让我们赶快读一读吧！

地质工作者们争论最久的问题，恐怕要算冰期问题。这个问题，虽然在世界上其他地区已经基本解决了，但我国地质、地理工作者，对我国地质时代有无大冰期的问题，还没有达成一致的认识。

一、第四纪大冰期

最近的大冰期，也就是第四纪的冰期问题，尤其复杂。在已经证实了冰盖或冰川存在过的地区，一般都可以分为几个亚冰期，其间夹有间冰期。每一次冰期，当然有气候比较寒冷，雪雨降量比较大等因素的存在，但也不是像灾变论者所说的那样，生物全部毁灭了。相反，从人类发展历史来看，原始人类发展较快的阶段，正是人类和自然界严寒的条件做斗争最激烈的时代。

间冰期时代，气候炎热或温暖，是生物生长的繁盛时代。人类在经过了冰期严峻的锻炼以后，进而在间冰期获得了有利于生产、有利于改进生活的条件，在这种情况下，人类又进一步得到了发展。

在第四纪时代，我国有没有冰期的问题，是个长期争论的问题。从许多高山地区，甚至从某些山麓平原来看，往往有许多典型的山谷冰川地貌和冰流堆积以及冰水沉积物存在，这些对冰期的存在可以做肯定的答复。从寒冷气候下生长的生物，例如披毛犀、猛犸象、高山植物的孢粉等类在平原沉积物中的发现，也可以得到冰期存在的有力旁证。这些证据，是中华人民共和国成立以后，我国的一部分地质工作者和地理工作者发现的。

过去外国的所谓专家们，没有看到这些现象，即使看到了，也因为他们死抱着中国在第四纪时代不存在冰期这个传统的概念，也就不认识或不理睬那些现象，认为中国没有第四纪冰期。

就冰川工作来说，当前还存在着这样一种情况，即有些冰前沉积物被误认为河流沉积，或者反过来，河流沉积被误认为冰前沉积。有些人甚至不去做过细的工作，不去努力把这两种沉积物分开，而统称为洪积。这些人因为在主观上只认为大片的砾石层都是由洪水冲积而来，而不愿意进一步追索那种“洪水”是怎样发生的，因而不愿意追索冰流融解后，从冰盖中吐出大量的砾石遍布山麓原野，而不是局限于河床这种突出的现象。实际上，只要我们十分细致地做工作，冰前沉积或冰水沉积和普通河流沉积是不难分辨的。

上面是引起混乱的第一个问题。第二个还没有得到解决的问题是冰期和间冰期存在的问题。就是说，在第四纪时代，我国的气候也同世界其他地区一样，有过寒热交错的时期，而寒冷的时期并不是全国为冰层或冰盖所掩盖，而是冰川分布的范围，一般局限于高山地区或某些山麓平原。在一次冰期来到的时候，冰流就前进了，而在气候变暖的时代，冰流大部分消失了。冰流消失以后，在高山地区留下冰蚀地貌，在山麓平原地区，冰川堆积和冰前沉积也部分地遗留下来了。但是，在间冰期来到的时代，这些冰川的遗迹，就必然一部分或大部分被流水冲毁。之后，又有一次冰期来到，冰流又前进了，随着冰流的前进，冰碛物又不可避免地被冰流铲去。这样，冰期和间冰期反复发生，就使地形、堆积和沉积物造成了极其复杂的现象。现在，我们只能从分析这些残余的东西，来了解当时冰流的进退，这就难免不发生许多疑问，引起不同的解释。

生物的遗迹也证明了中国在第四纪时代有冰期和间冰期存在，但是有些外国“专家”，只愿意指出热带或温带动物的存在，而闭口不谈寒冷动物的大批发现。他们也许不知道中国的地质工作者和古生物工作者，在中华人民共和国成立以后有了大量的发现，而有些中国专家也同意外国专家的意见。

在第四纪时代，我国有冰期和间冰期是肯定的，但是究竟有几次冰期和间冰期，这是当前还没有解决的问题。根据全国各地近年来所获得的资料，中国在第四纪时代，有过三次冰期，看来是比较可靠的。在某些高山地区，还存在着发生过四次冰期的遗迹，估计最近一次冰期的遗迹被保存下来的年代至多不超过一万年。最后一期发生的冰流，大部分停留在高山的上部，随着气候变暖，冰盖逐渐收缩，最后，冰流发源场所（普通称为冰窖）囤积的冰层也完全融解了，于是在高山顶上形成湖泊，一般称为天池。在陕西太白山顶，就有几个天池。估计冰层完全消失，这种地貌出现，不过是几千年以前的事。

最古老的一次亚冰期留下来的遗迹，一般都残破不堪。就遗留下来的沉积物或堆积物来说，有些不是疏松的，而是胶结比较坚硬的砾岩。这些沉积物产生的时期，估计在 100 万年左右，或者更古老一些。

在这些第四纪冰川沉积物中，往往发现古人类生产劳动的工具，在他们居住的洞穴中，往往有一层碳化的土质。也有一些冰川沉积物中，埋没着当时生长的树木，那些遗留下来的树木，一般都碳化或半碳化了。现在，我们可以用碳同位素的方法，来鉴定那些古人类居住的遗址和含有树木的冰碛物产生的年代，这种方法比较准确可靠。目前，我国已经具有必要的条件，进行这项工作。

对第四纪的冰期问题，在欧洲有不少人做了大量的工作，特别是在阿尔卑斯地区和西北欧地区，在那里经过了长期的争论，现在大家都同意主要分为四个亚冰期，然而对最后一次亚冰期中，冰流反复进退的情况，意见还不能一致。但大体上可分为两次或三次，最古的一次在 9.5 万~12.5 万年前，最新的一次在 1 万年左右。根据欧洲冰川工作者的估计，第四纪大冰期中最古的一次亚冰期是在 90 万 ~115 万年前发生的。最近他们还发现了一次更古的冰期，据他们的估计，这个冰期的时代，大约在 137 万 ~180 万年以前。这样合计起来，就欧洲来说，最新的大冰期合计有五个亚冰期（见下表）。

第四纪大冰期中的亚冰期

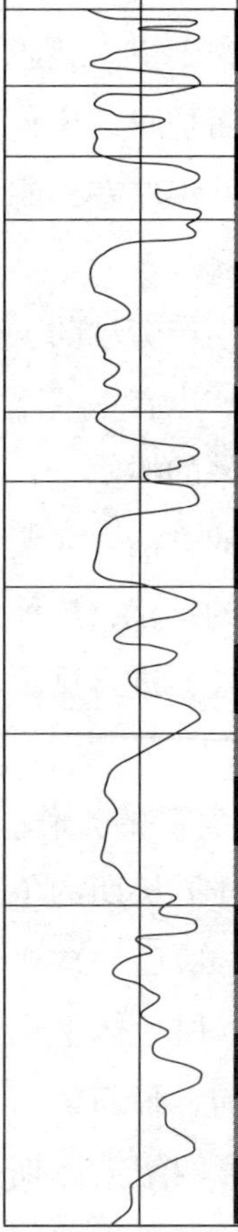

影响第四纪气温的因素综合曲线		距今年数（千年）	欧洲的亚冰期	中国的第四纪亚冰期对比（暂定）
热	冷			
		100	伏尔姆亚冰期 {伏Ⅱ{晚期、早期；伏Ⅰ}	大理亚冰期
		200	伏尔姆－里士间冰期	
		300	里士亚冰期	庐山亚冰期
		400 500 600	里士－明德尔间冰期	
		700	明德尔亚冰期	大姑亚冰期
		800 900	滚兹－明德尔间冰期	
		1000 1100	滚兹亚冰期	鄱阳亚冰期
		1200 1300	多脑－滚兹间冰期	
		1400 1500 1600 1700 1800 1900	多脑亚冰期	

北美在最近一次大冰期时代，亚冰期的划分，到现在还存在着分歧，不过，大体上说，与欧洲的情况相似。

西伯利亚，过去人们总认为那里的气候，在第四纪时代颇为干燥，因而没有产生冰流。这些看法，近几十年来逐步证明是完全错误的。现在，已经证实西伯利亚的东北部，在第四纪时，有大片冰层覆盖，在西伯利亚其他地区，也有山谷冰川流行，至少可以分为三个亚冰期。

在南半球的大陆上，第四纪冰期的遗迹也是显著的。特别是沿着南美安第斯山脉，一直到巴塔哥尼亚，也存在着不止一次亚冰期的痕迹。在澳大利亚新南威尔士的科修斯科高原地区、塔斯马尼亚的大部分，在第四纪时代都曾被冰层或冰流覆盖。新西兰大部分埋没在冰层中，在那里今天还有冰川存在。

南极大陆冰盖的厚度，在第四纪时代，远远超过了今天。不久以前，有人测定了南极大陆对海面的上升，是冰盖减薄而产生的均衡代偿的证据。

大家早已知道，在非洲中部高山，例如鲁文佐里山（Mount Ruwenzori）、乞力马扎罗山、肯尼亚山等处，在今天的冰盖边缘以下1515米的山坡上，还保持着过去的冰碛物。同样，在东南亚加里曼丹中央高山地区，也存在着古冰川的遗迹，比现在的雪线低多了。

根据上述的事实和其他许多现象，可以肯定在第四纪时代，地球的气温有极为显著的变化，有冰流广泛泛滥的时期，也有较温暖或温带地区比现在更炎热的时期。这种现象，不是局部的，而是全球性的。

这样影响全球，包括赤道高山地带的大冰期，如果说独独不影响中国，这是令人难以置信的。由于那些所谓外国专家的中国无冰期的谬论，在我国一部分地理、地质工作者的思想上，打上了难以磨灭的烙印，直到现在，我国的第四纪冰川工作，还是纠缠在那些“洋专家”留下来的或从国外搬来的一些问题上，严重地脱离实际。

有人问，第四纪冰川工作，对生产实践有什么关系？有必要提出这个问题，也有必要回答这个问题，当然在此回答只能是概略的。长期以来，地质工作的实践经验告诉我们，在山区和山麓有冰蚀地形和冰川沉积物的地区，勘探设计，往往生搬硬套苏联式的“规范”，机械地搞槽探、打排钻，这样，给我们的勘探工作，就带来了不小的损失。总结这种反面的经验教训看来，今后对可能有冰川沉积的地区进行勘探工作时，应该首先取得有关冰川的资料，正如水文资料一样，做勘探设计的依据。

水文、工程地质的工作，在山区和某些山麓平原，往往要和冰川沉积物或堆积物打交道。冰川和冰水沉积物以及河床沉积的浸透率，一般是有相当大的差别的，在这些沉积层交叉出现的地区，我们的打井工作，就要充分注意，既要达到含水层，又要不穿过浸透率很低的泥砾或冰川黏土层。在做大型水库的清基工作，大型建筑物的奠基工作等的时候，对冰川沉积物的存在与否，绝对不允许粗心大意。

山谷冰川，经常起一种研磨的作用，这种研磨作用，就是产生冰川泥砾中的黏泥（又名黏土）的方式。在岩石受到研磨的过程中，一部分磨成黏土，一部分较硬和较重的岩石或矿物的颗粒，例如金刚石、黄金、钨、锡矿物之类，由于冰川底下细水长流的淘洗，被分选出来，而停积在较为低洼或受到掩护的地点。我国有许多砂金产地，是第四纪冰流经过的故道。这样，只要我们认识冰川经过的故道，我们就有了线索去寻找有用的砂矿的所在和产生那些砂矿的发源地。

二、晚古生代的大冰期

晚古生代的大冰期，也有几次，主要的一次发生在石炭－二叠纪时期。受这次冰期影响的范围，主要是在南半球；而在北半球，除了印度以外，到现在为止，还没有找到任何可靠的遗迹。

在南半球，这个时代冰流分布的范围，有非洲的许多地区，例如金伯利地区、德兰士瓦以及从西南非到纳塔尔、安哥拉等地。在非洲中央地区和坦噶尼喀、乌干达、肯尼亚等地，都有石炭－二叠纪时代冰流擦痕和冰碛物的存在。最近，还有人在马达加斯加南部，发现了这个时代的冰川遗迹。在澳大利亚，在新南威尔士，有很明显的早二叠世和石炭－二叠纪的冰川遗迹，一共可以分为 6 个亚冰期；在维多利亚，可以分为 11 个；在塔斯马尼亚可以分为 5 个亚冰期。这些亚冰期之间，都有沉积物（如纹泥）代表间冰期。在澳大利亚南部，冰流的擦痕极为显著，并有巨大的冰川漂砾伴随，这些漂砾，是由 400 余千米以外的北部地区运送而来的。澳大利亚东南部的上古生代冰碛物，分为两大层：一层属于晚石炭世时代；另一层属于中二叠纪时代。其间夹有可供开采的煤层，煤层中所含的植物化石，表示当时的气温属于温带，而不是热带。

南美洲上古生代的冰川活动，比非洲以及澳大利亚、印度等地区较早，可以明显地分为两个亚冰期，较古的亚冰期，在阿根廷西北部留下了遗迹，时代属于早石炭世。在南美洲东部，较晚的冰期，出现于中石炭世乃至晚石炭世。冰碛层以上，接着由煤层覆盖，这些较晚的冰碛层，从布宜诺斯艾利斯到乌拉圭再往北去，它在巴西分布很广，确是冰碛层和间冰期的沉积物，在圣保罗附近厚度达1000米以上。当时，主冰流好像是来自现在的南大西洋方面，福克兰岛完全由当时的冰流所覆盖。还有些人认为，在这些冰碛层中的巨大漂砾，在南美洲找不到来源，而在非洲的西部却有和它们岩性很相类似的岩层，直到现在，还没有得到确实的证据。

把印度和南半球各个地区发生的冰期综合起来看，可以分为三个时期：最早的一个时期，发生在早石炭世阿根廷的西北部，大约在3.2亿年以前；下一个时期，冰流分布的范围比较广泛，包括南美洲、澳大利亚南部、印度和非洲，在现今赤道以南的广大地区；最后一个时期，仅仅影响了澳大利亚的东部，这是在二叠纪时代，大约在2.6亿年以前。

这三个时期，相隔那么久，如若把它们之间的时代，当作间冰期看待，似乎是不大相宜的。

上古生代发生的三次冰期，应该如何解释，至今还是一个谜。有人认为，当时南非、印度、澳大利亚、南美洲和南极大陆连在一起，形成了所谓冈瓦纳大陆，而当时地球赤道的地位和它现今的也不相同。这一种看法是在当今地壳运动问题的激烈论战中产生的，当然，问题还没有解决。

三、震旦纪大冰期

震旦纪冰期的遗迹，在我国出现的地点不少。其中湖北宜昌三峡上游的南沱，露出了典型的冰碛层，是比较著名的。此外，在黔东、湘西、云南等地都有遗迹。西北欧也有些地方出现了古老的冰碛层，例如挪威、斯匹次卑尔、格陵兰东部、法国的诺曼底地区，还有芬兰。在这些地区出现的最古老的冰碛层，以挪威发现最早，在那里冰碛层和它以上的寒武系底部相隔不远，因此有些人误认为那个冰碛层时代属于寒武纪初期。在中国南沱冰碛层的上面还覆盖着很厚的震旦纪地层，而在寒武纪地层内，并未发现冰碛层。这样，西北欧那个前寒武纪的冰碛层，很可能是和中国震旦纪冰碛层相当的。当然，在震旦纪时代，也可能有几个冰碛层。即使是这样，它们都不可能属于寒武纪。

震旦纪的冰碛层，在南半球发育得比较好。在南非保存下来的遗迹，单从它们分布的情况来看，是不亚于上古生代的大冰期。在澳大利亚，震旦纪的冰期可以分为两期，其中较新的一期，在澳大利亚中部的一带山脉发育极好。这个冰期同非洲加丹加冰期大约相当，大约是在 6 亿~7 亿年前发生的。较老的一个冰期，在德兰士瓦等地区发育得比较好，这个较老的冰期，可能不属于震旦纪，因为根据同位素鉴定，它发生的时代，大约在 18 亿~22 亿年前。

还有些迹象显示，在南半球如德兰士瓦，在北半球如北美洲的密歇根等地，在变质岩中，保存了一些遗迹。其中年代大约在 25 亿~26 亿年以前。这样老的冰期，肯定是不属于震旦纪的。是不是在 26.4 亿年前还有冰期？这是研究地壳构成的初期，有关地面温度的大问题。对这个问题，还待冰川工作者进一步探讨。

四、关于冰川起源的一些论点

地球表面之所以发生大规模冰流现象，有种种不同的意见。

其中比较重要的有下面几种看法：

（1）由于太阳辐射热减少，以致全球表面平均温度下降；太阳辐射热增加，地球表面温度也就随着变暖。这种太阳辐射热增减的幅度并不需要很大，就可以产生冰期或温暖或炎热的气候条件。

（2）大陆上升，气温下降，积雪扩大，与之相应，形成了广泛的冰流或冰盖。

（3）由于地球轨道的形状、地球自转轴对黄道平面倾斜角的改变和春秋推移现象的影响，地球接受太阳的热的总量和南北两半球接受的热量也因而改变，以致产生气候的变化，特别是南北两半球的气候差别。

（4）银河系旋转周期变更的影响。

（5）由于大陆漂流运动，在不同的地质时期，各个大陆块相对当时两极和赤道的位置各有不同。每一个时期，各大陆块接近两极的部分，就成为冰盖形成的策源地。

（6）由于大气层组成的条件变化，例如有时大气含水蒸气、二氧化碳和微尘、粒子特多，就会在一定程度上妨碍太阳热直达地面，尤其是水蒸气特多的时候，大约有70%由太阳送来的热反射到空中去了，这样地面的温度就会降低。

还有其他的一些论点。

现在，我们看一看上面提出的几个比较重要的论点，究竟是否与地球长期以来发生了冰川活动的事实相符。

第一，太阳辐射热变化的论点，除了太阳黑子（太阳表面的气体旋涡，温度较周围区域低，从地球上看像是太阳表面上的黑斑，叫作太阳黑子，也叫日斑。太阳黑子有很强的磁场，出现时地球往往发生磁暴和电离层扰动）有一定的周期出现，因而轻微地影响地面的气候以外，没有发现任何可靠的理由来说明在地球漫长的历史时期，太阳在有周期地或无周期地大量增减它的辐射热。

第二，大陆上升，当然会使大陆上升部分的气候变得更为寒冷。例如，有人认为，中国，特别是中国东部以及西伯利亚太平洋沿岸地区，在第四纪时代，平均高度可能达到海拔 2000 米以上。又如，在石炭－二叠纪时代，在印度半岛的中部，也是高原或高山地区，以致成为一个冰盖结集的中心，冰流向周围的地区流溢等。从这个论点出发，又向前推进一步，有些人认为，一次强烈的地壳运动，特别是造山运动的时代以后，就会来一次大冰期。这个论点，就某些地区来说，是可以作为进一步探索的基础，但远不能与全部事实对应。

第三，我们知道，地球轴像陀螺轴摇摆的周期那样，有一定的摇摆周期，这个周期是 2.6 万年。地球轨道的偏心率变化，是 9.2 万年一个周期。地轴对黄道平面的角差，现在是 23° 30′，在 21° 30′ ~ 24° 30′ 的限度内，（地球公转的轨道面和地球赤道面的夹角称为黄赤交角，现通行数值约为 23° 26′，黄赤交角的变化范围在 22° 00′~24° 30′）一直经历着有周期的改变。这个周期是 4 万年。这些变化联合起来，就会使地球接受太阳的辐射热量发生变化，从而使地球表面的温度发生变化。有人使用这些变化数据的组合画出一条曲线，表示 60 万年以来（最近又有人把这个曲线延长到 100 万年以来）地球上温度的变化。从这条曲线中，他们认为可以看出，有一个长期的凉夏，以致在适当的纬度和高度的地区，冬天的积雪不致融解而会形成永久的冰盖和冰流。又可以从曲线中看出，有几段较长的时期，即间冰期，夏季较热，以致冬季的积雪全部融解了。这种解说，可以勉强说明第四纪的冰期和间冰期的存在，但对那些更古老的冰期，在时间上的分布，就不相符合。

第四，银河系的旋转，大约2亿年一个周期，这又和三大冰期以及更古老的冰期之间相隔的时间不符。

第五，如若把非洲、澳大利亚和南美洲向南挪动，靠近南极大陆，可以说明上古生代大冰期中，这些大陆南部都发生了冰期；但如果像有些人所主张的那样，还要把印度的北部从西藏底下抽出来，再把整个印度送到南极大陆附近去，从大陆构造的一般规律来看，是太玄妙了。

第六，大气层中的水汽，主要是由陆地的水分和海水的蒸发而来的，也许可能有一小部分是由太阳发射质子向地球冲击，与大气上层的氧气遭遇而形成的。同时，在80余千米的高空中出现云层，构成这种云层的水分，其来源似乎与普通降雨的云层有所不同。大家知道，水是由氢和氧化合而成的，如若太阳发射质子轰击地球果真是事实，那么这种情况，在地球漫长的历史过程中，就不是时不时，而是会持续不断地出现。这样，大冰期就无时间性。那些大气层中的二氧化碳，主要是由生物供给的，小部分是由火山喷出来的。有人强调，过去火山爆发，从地球喷出大量的二氧化碳，给了生物滋生的条件，形成了例如石炭－二叠纪的煤层。但是，从地质上找不出这种迹象。因此，这个论点是不能成立的。

宇宙微尘粒子存在于天空中，确是事实，在大洋底某些地方的一层极薄的红泥中，有一极小组成部分，来自宇宙空间，但它的降落不是时多时少或具有间歇性的，而是具有经常性的；也很难设想，在冰期时代，由宇宙空间忽然来了大量的宇宙微尘，以致大气层遮断太阳辐射热的作用，发生了巨大的变化。

看来，这些论点都不能解释冰期的出现。冰期有时间性，但没有一定的周期。现在看来，冰期究竟是怎样产生的这个问题还没有得到解决。

有人从海洋方面，获得了海水和气温有关的一些现象，有些人对气温和海水的温度，从古生物方面获得了一些有关的“证据”，这主要是根据孢粉和古代植物的残迹以及氧 16 和氧 18 两种同位素成分对比的鉴定，得出了比较可靠的结论。通过这些方法所获得的结果是：在侏罗纪时代，某种海生碳酸盐介壳中所含的氧同位素的比例，证明在侏罗纪时代全世界海水的温度是比较温暖的，到了白垩纪时代，平均温度稍低，但还没有降到结冰的程度。这样看来，海水在侏罗纪以来囤积了大量的热，估计至少在最近 5000 万年的时期是这样。但是，到白垩纪的后期，海水的温度逐渐降低，到了第三纪的时候，还在继续下降。在太平洋底采取的有孔虫化石，从阿拉斯加、西伯利亚海底，一直到太平洋赤道附近的若干地点所取得的样品，都同样表示海底温度有继续下降的趋势。到第三纪的末期，太平洋海底的温度接近于 0℃。这时候正是第四纪大冰期将要开始。这些事实，从海洋方面提出了一个新的问题：海水失掉热量，继续冷却，和第四纪大冰期的出现，究竟有无联系?

对这个问题，多数人的意见是肯定的，并且有些人还提出了发展的过程。他们认为，在北极圈的范围以内，由于北冰洋周围四面都是大陆，仅仅在格陵兰和西北欧大陆之间与大西洋相通，在亚洲与美洲大陆之间，白令海峡可能也是通往太平洋的通道。北冰洋在这样一个半封锁的情况下，其洋面由于缺乏潮流的循环，它的表面就比较容易结冰，一旦结了冰，冰面对反射太阳热的作用，就必然加强。这样它下面的海水，就形成一股冰流向大西洋和太平洋方面流去，使得大西洋和太平洋北部的海水逐渐变冷。这样下去，在这两个海洋北部邻近的地区，就创造了形成大规模的冰盖、冰流的必要条件：一是温度下降的程度和范围逐步扩大；二是有两个海洋供给充分的水分，使大陆上得到充分的降雪量。

按这样一个发展的过程来说，第四纪的大冰期，在北半球是由冻结了的北冰洋、格陵兰及其他邻近北冰洋、北太平洋、北大西洋地区开始的。这个推断，大体上与事实相符。在南半球，因为有一个南极大陆，四面为大洋所围绕，在那里形成大规模冰流、冰盖的上述两个条件早已存在，因此大冰期在南极大陆的开始应该更早一些。事实上，在格雷厄姆（南极半岛）早已发现了第三纪初期即始新世的冰碛物。这就更进一步加强了上述对第四纪大冰期发展过程的推断。

这样一个第四纪大冰期发展的过程，是不是无穷无尽继续往前发展？不是的。一个有趣的自然现象就在这里，当冰盖和冰流扩大了它们的范围，必然引起冷而干的气流向外扩散，以致冰前的海域和地区温度继续降低，降雪量减少，由于缺乏给养，冰盖和冰流就不得不后退，就是说，冰盖和冰流的发展达到一定的程度，就会产生消灭它自己的倾向。自然界有不少的事例，表明由于它自己的发展而归于消灭。因此，上述论点，可以说是符合自然辩证法的。

地球上有许多局部地区，在不同的地质时代，发生过局部冰流泛滥的现象。这些由于局部的地质、地理条件所引起的冰流泛滥现象，与全球性或地球上广大面积陷入冰天雪地的景象意义迥然不同，那种局部发生冰盖或冰流的原因，应该从它们发生的地区和时代的古地理、古气候以及当时、当地的地质条件中去寻找，而大冰期的来临必然影响全球，是地球发展史中不可忽视的一件大事。

本篇撇开了局部冰流泛滥的问题，仅就大冰期的出现汇集了一些有关的资料和论点，其目的是企图阐明地球作为一个整体，在这一方面——主要是气候方面的经历，与它在其他方面的经历做个对比，以便寻求地球全部的历史发展过程。遗憾的是，在这一方面我们获得的成果还是很有限的，还有大量的工作有待于今后的努力。

为了总结经验，删去烦琐，现在把本篇中提出的一些重大问题，归纳为以下几点：

（1）地球存在的漫长历史过程中，反复经过几次大冰期，其中最近的三期都具有全球性的意义，时期也比较确定。这三期就是第四纪大冰期、晚古生代大冰期和震旦纪大冰期。震旦纪以前，还有过大冰期的反复来临，但时代不大明确，证据有时也不大清楚。

（2）每一次大冰期中，都有冰盖和冰流扩展和收缩或消失的现象相间，分为几个亚冰期和间冰期。亚冰期是气候寒冷，降雪较多，冰层积累较厚，冰盖和冰流扩展的时期；而间冰期是气候温暖甚至炎热的时期，在间冰期中，冰盖和冰流收缩，甚至大部分消失。

（3）在三大冰期的时期，都有生物存在。虽然在震旦纪时代，只见有原始藻类繁殖的遗迹，而其后发生的两大冰期时代，都有高级生物继续生存，这就证明冰期时代，地球表面温度下降的幅度，并未大到使生物全部灭亡的程度。

（4）第四纪和震旦纪大冰期都是全球性的。但晚古生代的大冰期，普遍影响了南半球；在北半球，只在印度留有遗迹，而印度，有些人认为是从南半球漂流来的。

（5）最后三大冰期，显示出规律性不强的周期性，每两次大冰期之间，相隔 2.5 亿 ~ 3.5 亿年。似乎有一种倾向，越古老的冰期，相隔时间越长。

（6）冰期的起源，看来是由一些非周期性的因素和一些周期性的因素复合起来而决定的。在这一方面，还有待于投入大量探索性的工作，才能得出最后的结论。

成长启示

在研究冰川的工作中，一些人将河流沉积和冰川沉积统称为洪积，不愿做进一步探索。而只要细致地做工作，河流沉积和冰川沉积并不难分辨。伟大的科学家爱因斯坦开创了现代科学技术的新纪元，取得了诸多划时代的成就，但他自谦道：“我没有什么特别的才能，不过喜欢刨根问底地追究问题罢了。”我们在做学问时，需要的就是这种勇于探索、打破砂锅问到底的精神，不放过有疑问的地方，把问题弄清楚。

要点思考

1. 在第四纪时代，我国究竟有没有冰期呢？

2. 第四纪大冰期发展的过程，是不是无穷无尽继续往前发展的？

中国地势浅说

导读

与疆域的沿革和政治区域的沿革不同，地势的沿革是发生在人类出现以前或人类极其幼稚的时代。欧美各国的地质学家经研究后，已经对他们本国的地势沿革有所了解，而我国这片广博土地的地势沿革，却鲜少有人过问。哪些人对我国地势做了研究？我国地势究竟是怎样的？我们一起去文中寻找答案吧！

本文讨论的问题，是中国地势的沿革，它与中国疆域的沿革以及中国内部政治区域的沿革，是截然两道。疆域的沿革，政治区域的沿革，是人类发生以后的事——是人类有了政治的组织以后的事，所以这些问题，当然归历史学家研究。我们现在的问题，包括人类发生以前或人类在极幼稚时代——那就是与猴子时代相距不远的旧石器（Palaeolithic）、新石器（Neolithic）时代，在我们现在所谓中国的这一块地域里的海陆陵谷之变迁以及气候之更迭等事实。总括这些变迁，似乎应有一个专门语，在未得妥当的名词以前，我现在试称之为地势的沿革。那就是地质史的一个方面。研究这个问题，自不待言是我们地质学家的事。

欧美各国的地质学家，关于他们本国地势的沿革，多少都有点儿研究。联合参详各处研究的结果，我们今天才知道我们人类的祖先还未到这个世界以前，世界上已经有了许久许多的沧桑之变。然而关于我们中国这一大块地皮，除了几个好事的、冒险的欧美人外，竟然没有多少人过问。我们现在关于我们自己国家里地势的变迁的知识，大半是由这些冒险家得来的。他们对于学术上既然有这样的贡献，现在我便趁这个机会，把他们几位的名字举出来，聊以表示我们的谢意。

1862—1865 年，美国的庞佩利（R. Pumpelly）可算得是头一个到中国来研究地质的地质学家。他所研究的地域，大半限于内蒙古及东北各省。3 年后，德国的李希霍芬（F. V. Richthofen）就到中国来着手他的毕生事业。与李希霍芬几乎同时来的有戴卫（A. David），他曾到过内蒙古、江西以及横断秦岭东部；还有金斯米尔（T. W. Kingsmill），他曾在长江流域调查；又有比克莫尔（A. S. Bickmore），他曾由广东走到汉口。他们虽然多少各有点儿贡献，然而与李希霍芬却不可相提并论。

1877—1880 年，奥地利的洛克齐（L. Loczy）随着施曾彝（Széchenyi）的科学调查队，由长江下游穿过秦岭，入甘肃，沿南山（即祁连山）东北麓进行，转折经过四川北部、西部，再由云南的西部而到缅甸。当时内地风气不开，地方自然不免有仇外的情形。据说洛克齐曾经过种种困难。再数年后，有俄国地质学家奥勃鲁契夫（V. A. Obruchev）往来于南山数次，并历四川北部及内蒙古等处。1898 年，福德勒（K. Futterer）由新疆穿过沙漠，复由甘肃过秦岭，出长江下游。其采集的材料颇为可观，可惜未加以详细的分析和编纂。其余如林斯（F. Leprince Ringnet）、罗伦斯（Th. Lorenz）、福格尔桑（K. Vogelsang），对于中国东北部及川鄂毗连各属，均各有研究，尤以罗伦斯在山东调查研究之结果，在地层学上最为重要。

当这些学者在那里做断断续续的调查研究的时候，李希霍芬发表了许多关于中国地质的论文，并陆续刊发他的名著《中国》（*China*）。这一部书，一直到今天，都算是关于中国地质的最重要的著作，可惜书未写完他本人就已去世了。1903 年，美国地质学家威利斯（Bailey Willis）和布莱克韦尔德（E. Blackwelder）受卡内基学院（Carnegie Institute）的委任，来中国调查地质。他们在中国待了不过 5 个月，曾到山东、辽东，又由河北南部入山西东部，经过唐县、五台、忻州、太原、西安，复由西安穿过秦岭，经过川东鄂西诸属，至宜昌终止。他们此次研究的成绩，以他们所费的时间而论，可算不少。

至于中国西南各省地质的情形，大半是由法国人考察出来的。最初有湄公河的调查队。继以雷克勒（Leclère）及雷当诺（Lantenois）的调查队。1910 年，戴普勒（J. Depart）对于云南东部的地质，似乎费了一番力量，外间对于戴普勒之为人，虽有种种物议（众人的批评），然而他所编的报告，究竟未可一概轻视。

近 20 年来，日本人对于中国的地质，往往有所著述，其中以横山、矢部、后藤、早坂、小野诸氏著作较多。他们的著作，大都体现在东京帝国大学的理科报告中。我们可在日本地质学杂志、地质学报及其他一二所大学的报告中，寻出他们的著作。这都是不乏有价值的东西。

以中国人研究中国地质而有成绩可考者，据我所知，自丁文江、翁文灏、章鸿钊三先生始。自北京地质调查所成立以来，我们关于中国地质的知识，大有日新月异之势。但是我们中国的面积，如此之大，考察出来的结果，如此之少，要想讲讲中国地势的沿革，谈何容易。所以我们现在所能讨论的，只是一个简而又简的概略。至于详细的情形、确实的证据及还有许多其他方面，则不能不待我们自己奋发有为，到各处观察，仔细研究。

可以供我们讨论的材料的来源，大致如此。现在我们应当进一步划定讨论的范围，那就是我们所讨论的地势沿革应从什么时代起。据数百年来地质学家的观察，我们现在视为千古不变的山川岩石，无一时一刻不在变更。不过它们变得极慢，所以大家都不知不觉。又据种种地质学上的事实，我们敢断言地面变更的情形，在人类出现以前，有许久的时间与我们现在目击的变更，无论就种类而论，还是就程度而论，都无极大的差异。这就是匀和的学说，创于赖尔。我们谈地质史最重要的根据，就在这个原则的身上。然则我们现在不能不问：这种匀和的变更是不是无始无终的？到了过去的某些时代，匀和的原则就不能适用了？如若从今日起，向过去推去，推到一定的时代，当时变更的结果与现今截然不同。那时导致变更的原因亦必不同。那是匀和的变更，在地球上从那时才开始。我们地质学家考究一地的地质史，也只好从那时起。就好像历史学家考究一国一民族的历史，只好从那一国一民族初有历史的记录那一天起。

关于匀和说适用的范围，自赖尔以后，学者主张颇不一致。极端主张匀和者，以为递积岩（即沉积岩）初发生的时候，就是匀和的变化开始的时候。这种主张，不过是一个主张，我们颇难判断它的是非，也不必判断它的是非。

古生物学家和地质学家依古代生物继承的情形及古代地壳极显著的鼓动，将海陆划分以后，直至今日，地球所历的时间，分为若干时代。正如历史学家将中国历史分为若干朝代一般。学地质学的人大概都知道的，这些地质时代如下表所示。

时代名目		距现今的年数（以百万为单位）
新生世	最新（Pleistocene）	约 1.0
	更新（Pliocene）	约 2.5
	次新（Miocene）	约 6.3
	少新（Oligocene）	约 8.4
	初新（Eocene）	约 30.8
中生世	枯烈纪（Gretaceous）	—
	侏罗纪（Jurassic）	—
	三叠纪（Triassic）	—
古生世	二叠纪（Permian）	—
	葭蓬纪（Carboniferous）	约 146
	泥盆纪（Devonian）	—
	志留纪（Silurian）	—
	奥陶纪（Ordovician）	约 209
	寒武纪（Cambrian）	—
	亚尔良纪（Algonkian）	—
	玄古（Archaean）	710

在学过地质学的人看起来，有时代的名目便够了，然而未曾学过地质学的人看了这些名词，如未学历史的人看了周宣王时代、罗马恺撒（Caesar）时代等名目一样，没有什么意义，所以我把这些时代到今天大概的年数列举出来。这些数目，是从含放射元素的矿物推算出来的，并不可靠。所以列入表中，不过借以表明年代之长。上所列的各时代，都有特别的岩层及生物群为代表，最要紧是上面各时代的次序。我们人类初发生的时期，现在虽不能十分断定，然顶古也不能过“更新”期。新生世之初，才有哺乳动物发生，二叠纪时鸟始生，志留纪时鱼始生，寒武纪初组织较完全的动物如三叶腕足类、珊瑚类始出现；而以三叶为最盛。寒武纪以前，亦当有初级的生物生存于世。然而留下的遗迹极少。这是生物学、地质学上极有趣的一个问题，而在中国北方研究要算正好，因为中国北方寒武纪以前的岩石发育极好，并且有一部分未曾遭甚大的变更，如藏有化石，不难详考它的形状。

就我们现在地质学上的知识判断，匀和的变更，至迟也必不在亚尔艮纪以后。那么，我们现在讨论的范围，无妨就从亚尔艮纪的末造起。

范围既定，关于我们研究的方法，讨论的根据，不能不略加解释。我有一位同事，他曾教授人类学，有一天他正好老老实实地把历史以前的人类的生活状态说了一番，说完了，有一位听讲的起来质问他，说：“我们知道历史的事实，因为有史册记载可凭。你所说的历史以前的人类生活状态，既无记载可据，你何以知道？你的话我都不信！”我那一位同事生了气，以为这个人对于学术太无信仰，不足与之谈。我却以为那一位质问的先生倒很有道理，如若将他的疑问稍加以分析，我们就知道他的用意是要问用什么方法，有什么根据，使我们知道历史以前的人类的生活状态。现在我们在讨论中国地势的沿革以前，似乎也应当把我们的方法说出来；并且同时把我们的根据撮要（摘取要点。撮，cuō）地摆出来。即使我们的推论结果不对，我们所举的事实还是事实。那些事实总是有用的。

讲地质学的人都知道一个老比喻。那就是我们脚踏的地层，好像是一册书，一层就是书的一页，书中有文字图画描写事实。（比喻的修辞，生动形象地写出了地层对地球发展史的记录作用）地层由种种岩质造成，有时还夹着生物的遗体。我们知道现在地球上某样地域，常有某种岩石堆积成层。所以从过去时代所造成各地层质料的性质，我们可以推测当时岩层停积之处为何种地域，或为湖沼，或为河床，或为海湾，或为深洋。岩层中所夹的化石不独表示岩层生成之年代，并且有时亦能表示其生成的地域，因为大洋的生物群，浅海的生物群，咸水中的生物群，淡水中的生物群，各有特象。地质学家所当研究的，就是这些事。诸如此类，数不胜数。我现在不过举一二最显著之点，以求见信于非地质学家而抱怀疑态度的人。不怀疑不能见真理。所以我很希望大家都取一种怀疑的态度，不要被已成的学说所压倒。

现在我可以上题讲中国地势的沿革了。头一件我们当注意的事，就是中国的地质构造可分为南北两部。秦岭山脉为天然的分界线。秦岭以北称为北部，秦岭以南称为南部。中国南部地层的构造较为复杂，所以我们知道中国南方地势的变迁较为复杂；北方构造除西北一隅外，极为简单，所以我们知道北部海陆的变迁颇为简单。

玄古的岩石在中国北方露头甚多，在山东东部、东三省尤著。内蒙古、山西、河北各处都有露头。此项最古的岩石，威利斯和布莱克威尔德称为泰山杂岩。因为造成泰山的岩石，据布莱克威尔德的观察，都是属于这一类。泰山杂岩中夹着许多片麻岩。那些片麻岩，也许是砂泥质的变形。假若它们果真是砂质泥质的变形，那是在玄古的时代海陆早已划分，种种地质的变更，已经照常进行，但是它们原来是不是砂泥，还在未定之天（比喻事情还没有着落或还没有决定）。即使是砂泥等质，即使它们足以表示玄古时代侵蚀的作用，然而那泰山杂岩中的各项岩石，都经过剧变，杂乱无章，由某种岩石的分配而断定当时海陆的分配，是绝对做不到的事，所以玄古时代中国的地势问题，我们现在尽可不必做无谓的讨论。以前所定讨论的范围，就研究的方法看来，实在是不得已而划定的。

成长启示

作者在文中说“不怀疑不能见真理”，希望大家持有一种怀疑的态度，不被已成的学说压倒。中国古语也说：“学贵知疑，小疑则小进，大疑则大进。”大胆怀疑是研究和探索的开始，也是获得真理的途径，科学研究工作就是在这种释疑解惑中不断发展的。

要点思考

1. 第一个到中国来研究地质的地质学家是谁？

2. 是谁创立了匀和之说？

侏罗纪与中国地势

导读

我国如今的地势，并不是生来就是如此的，而是经过了几亿年，经历了几次重大的变革。侏罗纪以后，地层里含有哪些停积物？我国的地势是如何变迁的？动物的生活由于地势的变迁发生了哪些改变？快去书中看看作者是如何解释这些问题的吧！

侏罗纪以后，一直到今天，在中国所生的地层极不完全。就是那枯烈时代（一名白垩时代），欧洲的海里造了几千尺厚的石灰岩和白垩。然而中国除四川赤盆中，多少有点儿淡水停积物作为这个时代之纪念以外，从未闻有何种枯烈纪的层岩。就现在我们的知识判断，中国本部绝无那时的海洋停积物可寻。

至于新生世的停积物，在中国已经发现的共有几种。那就是:（1）含煤层的泥砂岩。辽河流域，朝阳、抚顺等处的煤层有大部分属于这个时代。云南、内蒙古等处的也属于这个时代。（2）红砂岩。这种砂岩不独遍布于长江各省，就是北至甘肃、内蒙古，南至广东，都有它的代表。这里边发现了许多哺乳动物的化石。中国人向来把这些化石当药品用，巧名之曰龙骨龙齿。据许洛塞（Schlosser）、孔庚（Koken）诸氏的研究，这些龙骨龙齿，大半都是“更新”期的生物遗骸，有时也有“最新”期的生物遗骸。（3）瀚海层。分布于内蒙古、新疆、甘肃各处。（4）湖沼停积。戴普拉曾在云南东部，安特生（Andersson）曾在山西南部（垣曲）遇见这种岩层。（5）汶河砾岩。布莱克威尔德曾于山东的汶河流域及河北的宁山盆地遇见这种岩石。（6）黄土。遍布于秦岭以北。除以上所举的几种停积物以外，还有大堆的火山爆烈物，张家口外的火山岩流，就是最著名的。

自从侏罗纪的末期中国的地盘隆起后，中国已经成了一个大陆国，南北虽都有内海以及湖沼，然而都不甚深。地形平均甚高，所以侵蚀的力量甚烈。久之侏罗纪末期所造的山岳，如秦岭等，渐渐失却了崎岖之象，那时中国全国，可算得上一个高原。一直到初新生的末期，中国还是一个高原，当然高原上有河流湖沼。

到新生世的中期——大约是“次新”的时代，世界又发生了地势大革命。欧洲产生了阿尔卑斯山脉，其影响及于全欧。亚洲产生了喜马拉雅山脉，中国产生了两条山脉，并驾齐驱。这两条山脉，就是我们今天所看见的秦岭、南岭。因为这两条山脉发生，几条大河随着发生。到这时候，黄河、长江、西江的流域已经大概定了——那就是与现在差不多了。此次变动，大概是由南方来的，因为此所造的山脉，大概都是由西至东。这回革命影响之远大，绝不亚于泥盆纪初的喀道利呢大陆改革、煤纪中的赫辛尼大陆改造。

此次变动的结果，不仅是地面山川的改造，内部的地层也生了许多很大的裂缝，并且有许多地盘陷落。于是火山爆裂，岩汁迸出。内蒙古南部，展眼数千百里，都是一片焦灼之象，辽河以东、东南海岸各处，亦时时有岩汁火灰喷出。不独中国如斯，就是西北欧——由英国西北部一直到冰岛，也是火焰不熄。地力的运行，可谓极一时之盛。

经这次剧变之后，中国的风景迥不如故。北方除了几个浅湖以外，都是平原或高原，南方山环水曲，森林遍地。所以性好原野的动物如马类（Hipparion）都来栖息于北方；而性好卑湿、森林的动物，如鹿豕之类，繁殖于南方。据许洛塞的研究，它们的祖宗也许是由北美来的。

地上的变更，不遑宁息，新造的高山渐被摧残。所生砂土，都转到附近的湖沼或海湾里去。于是红色砂岩发生。到了“更新”期的末造，世界的气候慢慢地变冷。北美洲、北欧，雨雪较多的地方，成了一个漫天漫地的冰雪世界。中国那时的气候如何，颇难断言。据我去年发现的几件事实推测起来，中国的气候也应是极冷，北部并有冰川流动，但是这个问题究竟如何，还待一番研究。

自从冰期以后，人类渐渐进步，在生物中称雄。因为中国北部的海渐渐枯竭，气候渐渐变干，风吹尘土，转扬几千百里。于是秦岭以北，大部分渐埋没于黄土之下。这种黄土，今天还在转移生长。

新生世中期大革命以后，中国的地势并不十分安定。中部的秦岭，恐怕还是继续隆起。因为长江在四川赤盆的东部向地势较高的地方流动，水只能往低处流，所以能穿过高地者，必是先有河流而后地面上升。河流侵蚀的速率，与地面上升的速率相等或比之较大，所以水能流过。其余还有许多同样的证据，表示地壳近世的变迁，现在我们不必一一详论。总观几亿年的历史，我们现在知道我们中国这一块地皮，并不是生来就是这样的，至少经过了几次大改革。我说大改革，仿佛给人一个骤起骤落的观念。这个观念是完全错了。我们要知道一两百万年，在地质学家心目中，只当寻常人心目中的一两天或一两月。地质学家的近世至少要与历史学家的“盘古”以前相当。所以就是过去时代有极快的变更，绝不是整个的山海忽然不见了。现在就有许多事实，表示我们现在所居的时代，就是一个地势大改革的时代，即此可想象过去大改革的情形如何。

我这些话虽然多少有点儿根据，然而不过给大家一个概念。可惜我们所知道的地层学方面的事实太少，不能把我们的讨论弄得更有趣味，若是严格地讲起来，我们中国地势的历史还是黑暗的。要把这个过去黑暗的中国弄得大放光明，那得全赖我们大家将来的努力。

成长启示

作者经过探索和研究，为我们讲述了很多侏罗纪以后中国地势变迁的知识，但这只是冰山一角，我们对中国地势历史的探索还远远不够，需要我们日后不断的努力。作为祖国的未来，我们要认真学习科学文化知识，不仅为地质学科，也为其他学科的发展贡献自己的光和热。

要点思考

1. 在我国发现的新生世的停积物有哪几种？

2. 新生世的中期，中国产生了哪两条山脉？

沧桑变化的解释

导读

“沧桑变化”一词最早见于东晋葛洪的《神仙传》:“麻姑自说云:‘接侍以来，已见东海三为桑田。’”它常被人们用来形容世事变化很大。你知道吗？这沧海桑田的变化，有着重要的地质学意义。

前几天在去彭公庙的路上，遇到一位老者问我们做什么，我说看看地。他问：“地下有宝吗？”我说：“或者有，或者没有。”他又问：“能看多深？”这句话骤听起来，似乎可笑，然而实际含着精微的哲理。我们为什么要看东西？是要得到认识，认识愈真切，便是看得愈深。譬如我们平日看到好多东西，就说这个花木，如花是红的，叶是绿的。或者看见朋友，认识他或不认识他，实际上我们看到的对象，我们以为认识他，认真点儿说我们只认识他的外表，事实上未必认识他的本质。就认识的朋友而言，我们未必认识他的人格，他的个性。夫妇之间算是最亲密，亦有时彼此不认识心性。又如房屋，只认识其轮廓，实际内容如何，尚不得知。刚才老人的话，看起来很普通，其实很有道理。看地质的人，就是想往里看，往深看。

然而究竟能看多深，便要问地质科学进展之程度和看者个人的造诣。

地质学探讨的问题，大致可以说，是探讨沧海桑田的变化是桩什么事。沧桑变化是一段神话，似为无稽之谈，研究地质以后，才知道有相当的道理，才能做一个解答。即在地质学发达程度看起来，沧桑之变化是研究得比较早的。在中国宋朝时朱熹就有研究。看《朱子语录》，他说，你在山上石中时常可发现介类（贝类。亦指贝类的外壳），如螺蛳蚌蛤，这都是生长在水中的，居然发现在高山上，包含着现在的高山有个时期处在水中的意义。又说，好多山头有波纹状况，如水的波动，好像这山头是在水中造成的。这些话都算不差，《朱子语录》有这些话，足以证明沧桑变更之认识，朱子恐怕要算第一人，也就是世界上第一个地质学家。前希腊的学者，对于地质只有片断的记载，既无事实证明，也没有具体的考察，所以朱子研究地质学，在世界上最早。朱子以后，为意大利人列奥纳多·达·芬奇，他是画家、音乐家，也是文学家，是15世纪的人，正当我国明朝时候。他常到野外去，发现许多化石，他的研究比朱子还详细。此后讲地质的学者，日渐增加。18世纪末，西欧文化日渐进步，就是现代科学的嚆矢（带响声的箭，借指事物的开端或先行者。嚆，hāo）。18世纪末研究学术者甚多，有许多人研究地质学。他们研究的方法有两种：一条路是研究动植物的，另外一条路是研究矿物的。因为石中有结晶体，如四方形、六方形、长方形以及其他多面形等，每种矿物结晶形，给予一个名称，逐渐发展为矿物学。研究动植物的人，虽然不都研究化石，然而化石就是生物的遗骸，是在石中成形的。所以要研究生物的演变，化石是不可少的。第一条路研究矿物的，直至现在还继续下去，不过方法更精明更进步罢了。第二条路研究化石的，经过许多阶段。这都是学术上的变迁，对于沧桑的认识，关系很大。这里也分为两大派：一为法国学者如居维叶等生物学家。要知道古代生物成千累万，而埋在石中者，例如介壳类、有脊椎动物类，在石中所找得到的，现今大都不存在了，这是什么道理？居维叶以为地球上常有洪水发生，每次洪水均有极大摧残与破坏，每经一次洪水，陆上生物就死了个干净。再过一个时期，又发生一些新的生物，如是者若干次，所以说，古代生物与现代的生物不同，就是洪水的缘故。又一派主张生物逐渐演变，无须洪水，如英国学者达尔文等，就是这一派的中坚分子。如古代的小马巨象，其各部分逐渐变更的情形，大半都由化石中可以寻出，所以生物逐渐进化说得以成立。地质上的现象，逐渐演进，也因之渐形确定。此两派学者斗争至烈，到 19 世纪大家都知道居维叶的主张是不对的，而渐进说是对的，是合理的。

从矿物的方面出发，也有两派斗争：一派为英国人，重要者如赫顿等，其重要主张，为石头系火山爆发所致，如熔铁炉一样，石头在 1000 余摄氏度时大都熔化，到几百摄氏度便凝固了，这就是火成说。另一派为水成说。就是有如土泥沙石，因水的冲洗停于湖海，经过若干年，渐成硬物而为石头。因为在水中，故成层次，一层一层的，重重叠叠。我们假想河流挟泥沙冲入海中，平平地积成一层，设若另外一次水冲来，又成一层，像这样经过若干次，便成层叠不穷的厚石头，这就是水成说。主张水成说的是德国人，如维尔纳等。后来研究者根据事实，搜集证据的结果，证明水成说是对的。两派学者均能解释沧桑变化一部分的缘故，就是一大部分是水成岩，一小部分是火成岩。现在已证明这是合乎事实的。这两大重要学说经过事实证明，已经毫无疑问。

生物是逐渐进化的，岩石大部分在水内生成，小部分由火山喷发生成，已成定论。掘地考古，果如老人之言，看入愈深，则认识得愈多，故可钻地成孔，向下看，越深越好。不过这太笨了，这笨法子实际并不能用，若在大海中，这样不是十分的困难吗？如岩石是一层层平铺的，在陆地上倒不成问题，是很简单的。事实上岩石并不是平铺的，而是褶皱的、倾倒的、错乱的。故勘查地质者，如此更为困难。解决的方法，就靠生物的方法，以生物之进化程序来决定某代有某生物，拿这方法来研究，还不够。另一方面就要拿构造的方法来补充。譬如一部未装订的、错乱的、残缺不全的《二十四史》，整理的方法乃像清理褶皱一样把它一页一页拉平，按字索时，如有曹操字句者，入《三国志》；有朱温字样者，入五代史；或根据某一事实之记载入某史。此即根据化石的方法和地质构造的条理。做地质工作者正如是，地质学之方式亦如此。现在另有一问题，即所找者为何物，并不注意它距今有多少年。如二十四史学者亦不注意距今的年月，大概拿朝代年号来分别就够了。地质学亦如是。如用寒武纪、泥盆纪、石炭纪、二叠纪、三叠纪、侏罗纪等来决定。如朝代一样，由某纪即可追寻它在时间上的次序。但一般人士于此不大熟悉，犹如乡人不知道朝代一样。若追索年数，最可靠的方法，是拿放射矿物来研究，放射性的爆裂是不受温度和压力影响的，按它的爆发之结果，来决定年代，这方法很有成效，如石炭纪距今约为五百个百万年，侏罗纪为两三百个百万年。地质学是以百万年为单位的，时间好像过长，但学地质的对此是感兴趣的，好像麻姑所说的沧桑之变，是实有的事。不过沧海桑田，太普通太易见了，倒不足为奇。不如说是山海变更，更觉彻底，更显利害，更能得到重大结果，更表明变化的重要阶段。

造山运动的解释，近二三十年才达到重要的阶段。因为利用物理学尤其是力学上的原则来研究，已脱离渐变说、急变说的幼稚言论。对于这种研究，中国的确有相当的贡献。因为欧洲有传统的学说，并且欧洲各国为国境所限，地域太狭，研究者限于局部，故无大发展。中国国土非常广大，可看见整个大陆，因此天然给我们一个好机会，可以看得清清楚楚的，不至于像在欧洲一样，只看到一个局部，所以有新的发展，有新的贡献。

中国的山脉是不乱的，有系统的，最有系统的是东西线。最北和苏联交界的，是唐努山脉、肯特山脉；往南内蒙古和蒙古国的分界，便是阴山山脉；再南便是昆仑山脉、秦岭山脉；最南就是南岭山脉。这种东西线的山脉，每两条相隔纬度大约 8°，即约 800 千米。这种情形全世界都有。唯在欧洲有国土的限制，故难有显著的研究。另一种为弧形山脉，我个人称它为山字型山脉，因为像个山字。如湘南系，从资兴至郴县苏仙岭、临武香花岭，而至都庞岭，中间一直就是衡山、阳明山、九嶷（yí）山，故两边有耒（lěi）阳、祁阳、道县等平原。两端各有一反射弧，资兴正在反射弧形之中，彭公庙及酃（líng）县边境应在反射弧形之顶。故昨天到彭公庙酃县边境去看，果然不错。明日还要到青要铺去看反射弧形之自然转弯现象。想在青要铺方面，一定可以看到。主要者，反射弧形均朝向赤道，美洲、欧洲、非洲都是这样的山。解释这种弧形构造的生成，我个人的意见是这似乎与地球的自转速率有关。假定地球愈转愈慢，则甚难解说此现象。若地球愈转愈快，则因离心力水平分力的关系，部分移动，便成向着赤道地壳表面摺成山字型的现象，又假定转动愈快之后，便成大陆分裂现象。例如南北美洲因为赶不上速度，便逐渐与欧非大陆脱节。这里有许多证据，例如有种种不能渡海的陆上生物，在非洲也有，而在美洲也有。故可证明美洲原与欧非两洲连贯。后因不能追上此转运之速度，美洲遂致落伍而脱节。根据此种说法，可说明大陆之成因、山字型山脉之成因，此种说法正在萌芽，若非战事发生，恐十年内便可得到定论。将来这种说法成定论之后，便可解释地质上许多问题，并可解释沧桑变化的道理。

成长启示

正如文中所说，看东西看得越深，得到的认识也便越深。我们对这个世界的了解是永无止境的，我们需要不断学习，不断探索，当我们学习、探索得越多时，所得到的认识也会越丰富、越深刻。正如丹麦谚语所说："知识好像沙石下面的泉水，越掘得深泉水越清。"

要点思考

1. 地质学以多少年为单位？

2. 位于中国最南边的山脉是什么山脉？

古生物及古人类

导读

我们的地球从遍布荒山和荒漠到披上绿装，从动物的出现到人类社会的发展，经历着沧海桑田的变化。我们虽未能亲眼见证这种变化，却可以从下面的文字中、从作者的讲解中去感受和体验。

一、原始生命形态的遗迹

（一）前寒武系

地球上出现有生命的物质，是地球发展史上破天荒的大事。最原始的生物是在寒武纪以前的时代开始出现的。那些原始生命形态的遗迹（化石）被保存在寒武纪以前的古老地质时代所形成的地层里面。

寒武纪以前所形成的地层，概括地说，可以分为两大部分。一部分为古老的变质岩系，包括变质沉积岩、变质极深的各种结晶片岩及各种混合杂岩等。这些古老变质岩的形成是从距今约30亿～20亿年或更早的年代以前开始的。覆盖在那些古老变质岩系上面的，是时代较晚的轻微变质或基本上没有变质的沉积岩系。这一套岩系在我国发育完整，分布广泛，故名为“震旦系”，其所代表的时代则称为“震旦纪”。震旦纪大约开始于距今 10 亿（？）年前，其延续时间约达 4 亿年之久。在震旦纪地层上面的，就是寒武纪的地层了。

寒武纪的地层是最早的含有丰富生物化石的地层。它含有大量的动物化石，如三叶虫、腕足类及古杯海绵等。有一些古生物工作者认为，这些大量的和较高级动物不可能是骤然发生的，一定在它们之前，还会有和它们相类似但较为低级的动物，代表在它们之前的发展阶段。这些更早的动物一定是生活在寒武纪以前的时代。为了证实这个想法，人们曾做出不断的努力，要从寒武纪以前的地层中找到化石。

如前所述，寒武纪以前的那些古老变质岩系，经过多次强烈的地壳运动，以致支离破碎、结晶变质，即使当初含有生物遗体或遗迹，也必然被摧毁，极难从其中找到可以鉴定的化石。但以后在那些古老变质岩系的上面，发现了震旦纪的地层（在外国也找到与我国震旦纪地层相当的岩系），它是基本上没有变质的沉积岩系，厚度有时达到数千米甚至一万多米。震旦纪岩系的发现，燃起了人们寻找寒武纪以前的化石的希望。

有人曾根据生物的发展观点，将已知的寒武纪的动物加以分析概括，从而推论出寒武纪以前的动物群应该是由无壳的原生动物、硅质海绵、原始腔肠类、环节蠕虫、无铰合构造的腕足类以及某种类似三叶虫但更原始的节肢动物所组成。但多少年来，在世界各国的寒武纪以前的地层（包括震旦纪地层）中所搜寻到的，只是残缺而贫乏的原始生命形态的遗迹，远不足以证实这个推论。

（二）震旦系及与其相当的地层

在震旦纪的石灰岩及白云岩中比较常见的，是具有同心圆构造的化石。大多数古生物工作者认为它是蓝绿色藻类群体的钙质分泌物，故又把这种藻类叫作钙藻。

1922 年我国地质工作者在北京西北的南口地区考察地质，通过仔细观察，明确了钙藻中的“中国聚环藻”在震旦系南口灰岩中的层位，并发现了另外两个新种，以后被分别定名为“筒状聚环藻”及“棱角聚环藻”。1924 年，我国地质工作者又在长江三峡地区发现了相同的钙藻化石。以后在我国华北及西部不少地区的震旦纪石灰岩中，都陆续找到这类化石。

华尔科于 1906 年在美国蒙大拿州的柏尔特系（相当于我国的震旦系）地层中采集并描述了钙藻的许多新种。据雷蒙的意见，其中有些是可疑的，可能是无机质的结核。

最古老的原始植物化石为一种细菌，是在美国密歇根州休伦系（大致相当于我国的滹沱系）的铁矿层中发现的，呈杆状，在高倍显微镜下才能看见，很像现代的“衣细菌”。据说是铁细菌的一种，能将水溶液中的铁质分泌出来，使其沉积成铁矿层。

1915 年华尔科用高倍显微镜观察从美国蒙大拿州基维诺组（相当于我国震旦系）石灰岩中发现的“微球菌”，其直径仅为 0.001 毫米。

对于上述这些细菌，既缺乏坚硬组织又如此细微，竟然能从寒武纪以前到现在仍保存到可以鉴定的程度，有人（如美国的雷蒙）持怀疑态度。但也有一些人认为寒武纪以前的古老岩系中含有的大量石灰岩、石墨及一些铁矿，是属于有机成因的岩、矿，是通过当时水体中大量细菌及藻类这些原始生物分泌作用而沉积起来的。例如苏联的维尔纳茨基、别尔格和斯特拉霍夫都认为庞大的“前寒武纪”含铁石英岩矿层是由铁细菌形成的。

从蒙大拿州的“前寒武纪”石灰岩中，华尔科又曾找到一些没有定型轮廓的化石碎片，认为它们是与“翼鲎（hòu）”或“板足鲎”相接近的一种节肢动物的甲壳，但以后被认为是植物，可能是棕色藻的碎片。爱基渥次、大卫等从澳大利亚“前寒武纪”地层中所获得的所谓“节肢动物”，据雷蒙说，可能是同样性质的东西。

在苏联，在乌拉尔西坡的里菲界（大致相当于我国的震旦系）及西伯利亚的震旦系中，也找到了钙藻，并将其分为许多属、种，总称之为“叠层石”。据说在南乌拉尔里菲界的叠层石中曾找到可疑的微体生物化石。1950 年，苏联 C. H. 纳乌莫娃在南乌拉尔的里菲界发现了植物孢子，并推测为已绝种的，生长在水边，为水、陆型植物之间的一种过渡型植物。

在捷克斯洛伐克的“前寒武纪”地层中，曾找到一种木材化石，称为古木。据推测可能属于裸蕨。

以上讲的是植物化石，下面我们转到动物方面。

在北美洲，主要是在加拿大南部及美国西部，更先后找到零星的动物化石，其中有些也是可疑的、有争议的东西。在北美洲，对“前寒武纪”化石研究最早、致力最多、费时最久的，还是前面已经讲到的那位美国“权威”华尔科。而对他的工作成果持怀疑甚至否定态度的，则是他的后辈——另一位美国人雷蒙。有关动物化石的发现简述于下。

海绵化石——1911 年，华尔科曾描述，在加拿大南部安大略的阿瑟港附近，在“前寒武纪”“陡岩系”的石灰岩中获得了化石标本，将其与寒武纪的一种海绵相比较。这些化石标本以后被证明是无机物所形成的，不是生物化石。但华尔科曾报道在美国西南部大峡谷地区（相当于我国震旦纪）上部地层中，发现了据说是真正的海绵骨针。

腔肠动物（水母及其他）化石——据说在美国大峡谷“前寒武纪”地层中曾找到过水母化石。从芬兰东部前寒武纪石灰岩夹层中，曾找到一种近于床板珊瑚的可疑化石。

环节动物（蠕虫）化石——华尔科曾描述从美国蒙大拿州的“前寒武纪”岩层中找到的蠕虫爬行印迹及所掘的空洞。在我国南沱灯影灰岩中也曾发现过蠕虫穿过藻类所留下来的空洞。

在澳大利亚南部震旦纪地层中找到的化石，据说还有翼足类及原始的腕足类。

此外，在欧洲，许多年前，凯耶曾描述从布利塔尼（法国西北部）的变质岩中获得的许多放射虫、有孔虫及海绵，曾一度被广泛接受为“前寒武纪”化石，但也引起怀疑和争论。之后一个法国地质学家指出含这些化石的地层并非属于“前寒武纪”，而可能是泥盆纪。因此，在欧洲曾轰动一时的“前寒武纪”动物群是不足凭信的。

（三）前寒武纪古生物问题

概括上述，从20世纪初期到现在（指1970年），超过了半个世纪，人们已找到的寒武纪以前的生物化石，在植物方面仅为蓝藻、细菌、棕藻及某些不能做确切鉴定的孢子与仅有的一种木材化石；动物化石方面则为海绵骨针、腔肠动物（水母及另一种可疑化石）、环节动物活动时留下的残迹及翼足类与腕足类。门类虽然也不算少，但重要的问题是这些零星残缺的生物遗迹，除钙藻外，都是极其少见的，而且它们绝大部分的真实性是有怀疑和争论的。这就使人们突出地感觉到，生物在寒武纪以前的数十亿年漫长的演化过程中，给我们留下的化石竟是如此的贫乏，这与寒武纪一开始就出现的颇为繁盛的和相当高级的生物群，远远衔接不起来。这一现象该如何解释呢？

在 18 世纪末叶，法国科学工作者居维叶提出了“灾变论”。他和他的学生迪奥宾尼认为在地质发展史中，地壳运动形成海陆升降的突然变革，或使海涸为陆并隆起为山脉，或使陆沉为海，每次都给生物带来一次灾乱，而这种灾乱使地球上一切生物灭绝，以后又由一种所谓新的不寻常的“全能的创造力”，将生物又恢复起来。他们还认定物种是永恒不变的，新的和旧的，高级的和低级的物种之间没有演化的关系。旧的物种在一次灾变中完全被灭绝了，以后由“全能的创造力”又创造出一些新的更高级的物种。按照灾变论的说法，则寒武纪以前的生物就可以认为是在一次地壳运动所引起的灾变中被毁灭得毫无踪影，寒武纪的动物则是以后由什么“全能的创造力”一下子创造出来的了。这是地地道道的形而上学的观点。随着生物科学的发展，特别是在达尔文的《物种起源》一书问世后，这一类带有浓厚宗教迷信的说法就越来越站不住脚了。

由于在我国以及其他国家先后发现了基本上没有变质、适于保存化石的那一套寒武纪以前的地层（即震旦系），人们也不能再说寒武纪以前化石的贫乏是因为那个时代的地层屡经剧烈破坏，不能保存化石了，于是转到生物本身上来寻找原因，因而把注意力集中到另一方面的解释，即寒武纪以前的动物缺乏坚硬的钙质外壳或骨骼，即缺乏被保存为化石的条件，他们认为这是寒武纪以前化石特别稀少的主要原因。

那么，为什么那时的动物没有钙质骨骼呢？对此，西方学者根据某些片面的认识，曾试图做出各种解答，主要可分为以下四种：

（1）因为寒武纪以前的海水中缺乏钙质；

（2）寒武纪以前的海水中含有较多的氯及其他游离的化学元素，使海水变为酸性的，阻止了生物钙质骨骼的形成；

（3）现在能见到的寒武纪以前的地层都是大陆上的淡水停积物，而淡水含钙量很低；

（4）寒武纪以前的动物都是漂浮在海水表层的浮游动物，钙质介壳或骨骼太重，对浮游生活不利，因而没有形成钙质骨骼，只有到了较晚的寒武纪或更晚的奥陶纪，在海底生活的底栖动物才形成笨重的钙质介壳或骨骼。

关于前两种说法，只要看一看我国震旦纪的厚度大而分布又广的石灰岩层，就可以肯定那时的海洋不缺乏钙质。海水中既然含有大量的钙，也就不是什么酸性的了。

关于第三种说法，把寒武纪以前所形成的地层全部说成是大陆停积物，是没有根据的。像我国的震旦纪石灰岩，与中、新生代陆相沉积的碎屑岩显然不同。退一步说，即使是陆相停积，也不能作为钙质骨骼不能形成的理由，因为我们知道，大陆上湖水及河水中的动物，如常见的淡水螺蚌，也具有钙质介壳，因而也能被保存为化石。

第四种说法是雷蒙及布鲁克斯所主张的。他们认为“前寒武纪”动物为适应浮游生活，故无钙质骨骼，但指出可以有较薄、较轻的几丁质或硅质骨骼。这个说法好像能说明寒武纪以前的动物没有钙质骨骼的原因，但并不能解答寒武纪以前的动物化石何以如此贫乏的问题。因为钙质骨骼固然是保存化石的良好条件，而几丁质的介壳也同样能保存为化石，寒武纪地层中保存得很好的大量的三叶虫以及常见的舌形贝，正是具有几丁质的外壳。那么，那些没有钙质骨骼但具有几丁质外壳的寒武纪以前的动物，为什么也不能像寒武纪的三叶虫及舌形贝那样被保存为化石呢？

如上所述，西方学者的种种解释，并没有能够真正地解答问题。其实，寒武纪以前生物化石的贫乏并不是什么奇怪的事，因为生物在萌芽和发展的初期，个体的数量就是比较少，分布的面积不广，分布的密度不大，因而能被保存为化石的机会就更少。虽然我们不能排除这种可能性，即今后随着地质、古生物工作的扩展和深入，还会在寒武纪以前的地层中找到若干零星的生物遗迹；但即使如此，由于寒武纪生物群的大发展，包括若干主要门类的生物（如三叶虫等）发展的飞跃，因而在寒武纪以前的古老时代与寒武纪之间，生物的演化存在着一个很大的不连续（间断）。寒武纪以前的漫长的古老时代，是生物孕育、萌芽和发展的初期阶段，那时的生物群，作为整体来看，它的演化看来是缓慢的。这种长期的缓慢的演化，为生物体本身准备了质变的飞跃和大量繁殖的条件，因而一旦到达寒武纪，在适宜的外界环境条件（例如海水的温度、溶解的物质成分及营养物质等）的促使下，就出现一个大发展，从而产生了大量的、较高级的生物。

生物发展的不连续性，在寒武纪与“前寒武纪”之间是异常突出的，但在以后的各地质时代这种不连续还陆续出现，使不同时代的生物群呈现显著的差异。总的说来，在每次不连续之后，就有更高级的生物通过质变的飞跃而出现，因而我们有可能根据不同的化石生物群来鉴别不同地层的先后时代。由于不同时代的地层往往含有不同的沉积矿产（例如震旦纪以前古老变质岩系中的沉积变质铁矿，震旦纪地层中的铁矿、锰矿，寒武纪早期地层中的磷矿，泥盆纪地层中的沉积铁矿，石炭纪地层底部的铝土矿，石炭－二叠纪及中、新生代地层中的煤矿、石油与天然气以及盐类矿产等），因而古生物学的工作，通过对地层时代的鉴别，在寻找矿产资源为社会主义建设服务方面，具有重大的实际意义。

二、动物界的第一次大发展

地球发展到了寒武纪时期（距今约 6 亿 ~ 5 亿年），就出现了大量的、门类众多的和较高级的动物。寒武纪以前的生命的星火，到这时已成燎原之势。这是地球上动物界的第一次大发展，具有划时代的意义。

从化石来看，在寒武纪初期出现的动物，除脊椎动物外，几乎所有的主要门类都有了。其中最多的是节肢动物中的三叶虫，约占化石保存总数的 60%，其次为腕足类动物，约占 30%，其他节肢动物、软体动物、蠕虫及古杯海绵等共占 10%。

腕足动物是具有一对外壳的海生动物。软体动物中有头足类及腹足类。古杯海绵是固着在海底的一种古老生物，具有多孔的内壁及外壁等较为复杂的结构。蠕虫化石由于不易保存，比较少见。节肢动物除三叶虫外，比较常见的则为甲壳类的古介形虫。

寒武纪动物群中最为突出的是三叶虫。它是世界各地常见的化石。我国为产三叶虫化石最多的国家之一，从新疆到苏、浙，从东北到西南，自寒武纪到二叠纪的地层，都有三叶虫化石发现。目前已正式鉴定和描述过的计有376个属，1233个种，还将继续有所增加，其中以寒武纪的为最多。

三叶虫的种类繁多，形体大小不一，最大的可长达70厘米，最小的不足1厘米。绝大部分的生活情况是游移于海底，以原生动物、海绵、腔肠动物或这些动物的尸体以及海水中细小植物为食料。三叶虫是比较高级的节肢动物，如在我国寒武纪初期的页岩中经常可以找到的“莱得利基虫”，其躯体各部分结构已经分化得很好，有头部、胸部及尾部。头部结构复杂，有一对眼睛；胸部有十几个胸节；尾部由若干体节互相融合而成。头、胸、尾部都生有多节的附肢。其他如寒武纪中期的“德氏虫”及晚期的“蝙蝠虫”等，结构也都比较复杂。由于演化迅速，在不同的时期出现不同的种，故三叶虫成为对下部古生代地层特别是对寒武纪各期地层进行划分与对比的标准化石。

寒武纪早期的软舌螺化石，产于我国西南各省寒武系底部的磷矿层中，故这种化石可作为在西南各省寻找磷矿的标志。

正因为是动物界的第一次大发展，所以寒武纪的动物群一方面含有大量的较高级的动物三叶虫，另一方面也还在某些动物方面保留着一定的原始性。例如，这个时代的腕足类动物是以比较原始的具有几丁质外壳的无铰纲为主，软体动物也是细小的、比较原始的类型，如上述的“软舌螺”及“似海螺”等。这也说明了在同一时期不同门类的生物发展的速度不等，显示着发展的不平衡性。

生物演化的历程包括许多次飞跃，而每次飞跃就有更高级的生物出现并形成一次大发展，给当时整个的生物群带来崭新的、繁荣的面貌。在寒武纪以后，动物界还继续经历多次大发展，而在寒武纪的大发展，则不过是“春雷第一声”。例如，在奥陶纪突然繁殖的笔石群及大型的头足类直角石和珠角石等，在志留纪大量繁殖的珊瑚及腕足类，泥盆纪大量繁殖的水生脊椎动物鱼类，上部古生代繁盛的、具有纺锤形复杂外壳的原生动物（䗴）类，中生代的恐龙之类的大型爬行动物以及新生代的哺乳动物，等等。所有这些盛极一时的动物，都是经过质变的飞跃而产生并大量繁殖的。它们的出现，使不同时代的动物群具有不同的时代特征。

三、植物界的第一次大发展

地球上的植物，是以最原始的形态先出现在海水（或其他水盆地）中。有漫长的时期陆地上基本没有植物，几乎到处是童山（没有树木的山）和荒漠。大地换上绿装，是开始于泥盆纪（距今4亿~3.5亿年）。

在泥盆纪以前，主要是生长在海水中的原始的水生植物，一类是单细胞、单细胞群体且没有叶绿体的细菌和蓝藻；另一类是单细胞、单细胞群体或多细胞且具有叶绿体的其他藻类。在北京人民大会堂铺地的大理石磨光的面上，有很多一环套一环的美丽花纹，很像是寒武纪以前钙藻化石的各式各样的剖面。

我们知道比较确切的第一个相当繁盛的陆地植物群，就是泥盆纪植物群。也就是说，地壳发展到了泥盆纪，植物才大量从水中“登陆”，实现了从“水生”到“陆生”的飞跃，而随着这个水陆环境的变革，一些新的陆生植物迅速繁殖，并有原始的裸子植物出现。这是植物界的第一次大发展。

在志留纪末期已开始繁殖，而到泥盆纪早期和中期达到繁盛顶峰的植物群，是以裸蕨为代表，称为裸蕨植物群。裸蕨是最原始的陆生植物，这种植物的根、茎、叶的分化还很不完全，没有叶子，只有枝的分叉，细弱的茎和枝都裸露，故得名。

具有叶子的植物（虽然是微弱的孢子叶），如鳞木植物中的原始鳞木，在泥盆纪中期已经大量出现了。值得我们注意的是，在泥盆纪中期，也开始发展了高达数米的小型乔木或灌木，像种子蕨一类的植物。种子蕨一类的植物化石，是已发现的最古老的裸子植物化石。

到泥盆纪晚期，裸蕨完全灭绝，代之而起的是大型的古老羊齿植物，叫作古蕨。这时很多植物已经是大型乔木，叶子发达，茎干粗壮，如鳞木类的圆痕木就是这时乔木的一种。这时丛林高树，呈现空前的繁荣景象。

对于泥盆纪陆生植物的迅速繁盛，人们往往感到是很突然的，因为在比泥盆纪更古老的地层中，迄今没有找到可以作为泥盆纪植物发展前一阶段的所谓过渡型的化石植物群。根据现有的资料，太古代和元古代只有原始海生菌、藻是比较可靠的植物化石，而下部古生代，从寒武纪一直到志留纪中期的植物化石，也仍然是以海生菌、藻类群为主，其他植物化石只有极为稀少的零星的发现，现简述于下：

（1）在西伯利亚寒武纪中期地层中，曾发现一种很大的植物枝部化石（描述者：H. E. 东尔尼雪娃，1953），被描述为可能属于原始石松植物的“阿丹木”。

（2）最初发现于瑞典寒武纪晚期（描述者：达拉，1937），以后又见于苏联寒武纪（描述者：纳乌莫娃，1949）和志留纪（描述者：季莫费耶夫，1955）的孢子化石，被推断为比藻类更高级的植物的孢子。

（3）在澳大利亚维多利亚省的志留纪晚期地层中，曾找到一种被描述为与鳞木相近的植物化石，称为“巴拉蔓”。

关于泥盆纪以前的高等植物化石的发现，在世界范围内仅有上述若干零星的事例。从这些发现所做出的推断，尚待今后有更多的实际资料来进一步加以论述，目前它们至多只参说明在泥盆纪以前，陆地上可能已经有数量很少的，个别的陆生植物作为先驱类型而开始出现。这种情况，和泥盆纪以前的植物界以海生菌藻植物占统治地位的这个事实，是相符合的。

从泥盆纪前的原始海生菌、藻植物占统治地位转到泥盆纪较高级陆生植物占统治地位，这种转化，是植物界发展中的一次大飞跃。因而，使植物界的演化在泥盆纪以前的时代与泥盆纪之间，形成一个明显的不连续（间断）。植物界在泥盆纪以前的漫长时期的演化，为某些类型的植物的飞跃发展准备了条件。志留纪与泥盆纪之间的地壳运动，使大陆普遍上升，海水撤退，海面缩小，因而原来为海，特别是为浅海的地区，变为低湿的平原或具有洼地的丘陵地带。这是促使那些本身具有一定条件、能适应这种环境变革的植物从水生转为陆生的外界因素。

泥盆纪陆生植物的迅猛发展，只是植物界的第一次大发展，此后还有多次大发展。而每次大发展包括若干门类中某些植物的质变的飞跃，因而在每次大发展中就有更高级的植物出现。例如，在石炭纪、二叠纪构成茂密森林的鳞木、封印木、芦木、苛达树、大羽羊齿等，在中生代特别是在侏罗纪最为繁盛的裸子植物，在第三纪最为繁盛的被子植物等，都是植物界各次大发展中的产物。它们的繁殖给不同时代的植物群带来不同的特征，因而我们能够利用这些植物化石来鉴别含化石地层的时代。由于这些古植物在一定的地质时代是“成煤植物”，我们可以把这些植物化石当作标志，来寻找各个产煤的地质时代的煤层。

四、古生物工作中涉及进化论的一些主要论点

生物工作者，很清楚不能撇开古生物的调查研究工作，他们借助于古生物学的资料，有力地促进了进化论的形成和发展。

生物界在过去曾受许多和地球本身的历史有关的改变，这种思想首先表现在法国科学工作者布丰（1707—1788）的著作中。按照布丰的意见，在地球上有了生物的时候，生活条件（包括地理和气候条件）的改变必然反映在有机体的结构上，使有机体发生变异。这种见解可以说是进化论的开端。

与布丰同时的瑞典植物学工作者林奈（1707—1778）所倡导的“特创说”，认为万物既经创成，永久不变。林奈在当时声名很大，所谓“特创说”风靡全欧。当时教权仍极强盛，由于受到宗教监察的迫害，布丰在他出版较晚的著作中不得不删掉或修改与宗教相矛盾的部分。

布丰关于物种演变及从简单发展到复杂的见解，为法国著名的自然科学工作者拉马克（1744—1829）所广泛宣传。拉马克是古无脊椎动物学的创始人。他在1815年的著作中，将他的生物进化学说总结为四条。

（1）生命以其固有的力，趋向于不断地增大每个生物体的体积，并扩大生物体的各部分，直到它所达到的限度；

（2）动物机体的新器官的产生，是由于增加了使动物不断地感觉到一种新的需要的结果；

（3）器官的发展及其活动的力量，经常与其运用成正比例；

（4）生物体的组织在个体生活过程中已经获得的、废弃的以及改变的一切性能，被保存下来并遗传给遭受过这些变化的个体后代的新个体中。

上述四条是互相联系，不可割裂的。第二条曾被称为动物器官根据“欲望”而演变的假说，这显然是把这一条和其他各条割裂而加以歪曲；因为拉马克并没有说动物的欲望直接影响它的形体，而是说变更了的需要引起生活习性的变更，从而导致新器官的形成或原有器官的改变。这可以同第三条即著名的“用进废退”定律联系起来看。按照拉马克的意见，动物的新的“需要”是由外界环境的变化所引起的。环境的变化导致动物活动的新方式，从而引起器官形体的增大或产生其他方式的器官性能。反之，动物体其他部分的废而不用，就导致这部分的退化。只有这些有结果的实质的变异才被遗传，这就是上列第四条，即获得性的遗传。拉马克举出了一些实际例证。例如，非洲长颈鹿的祖先，原来是颈子并不长的普通鹿，后来因气候变化，地上的草变少了，不得不经常伸长颈子和前腿来吃树上的嫩叶，这样经过多少世代，颈子和前腿愈来愈长，终于形成长颈鹿。

拉马克虽然受了18世纪形而上学的思想教育，却敢于和当时占绝对统治地位的形而上学观点展开斗争。他反对林奈的“特创说”和居维叶的“灾变论”，打击了物种不变的观念。

与拉马克同时，以研究动物体内部结构为主的圣希雷尔（1772—1844），有些见解具有生物进化论的思想因素。例如他认为在同一门范围内动物体结构上的变异，是由于外界环境的直接影响所起的作用。在这一观点上，圣希雷尔是达尔文主义的先驱者之一。但是，他所提出的关于全部动物界具有一个“原来的、统一的结构图案”的说法，却又违反了生物发展观点。

值得提出的是1830年7月圣希雷尔和居维叶这两个法国人之间展开的著名的论战。论战的主题是关于软体动物与脊椎动物的机体结构是否像圣希雷尔所说的为一个“统一的结构图案”问题。统一结构图案的说法，恰恰是圣希雷尔错误的一面，论战的结果是形而上学者居维叶等人胜利了。但实际上适得其反。由于在论战中一些科学工作者和哲学工作者展开了一般原则性的争论，使进化观念的拥护者澄清了某些错误，找着了更正确的途径来证明他们的观点。因此，这次论战反而有助于以后进化理论的发展。这是居维叶所意料不到的。

在18世纪，瑞典人林奈对生物分类学做了大量工作。但他认为一切生物都是由神所创，各有天赋特征，固定不变。这就是上面已提到的“特创说”。居维叶在研究化石方面颇有建树。由古代生物的遗体或遗迹所形成的化石，本是生物演化的一种有力的实证，而居维叶则终生反对生物进化的理论。但和他的意愿相反，他自己在分类学、比较解剖学和古生物学方面的大量工作成果，却为19世纪后半期唯物主义生物进化学说的确立，提供了有力的根据。

在19世纪中叶，达尔文（1809—1882）一方面承继了布丰、拉马克等前人生物发展学说中的正确论点，并集其大成；另一方面通过他自己长期调查研究的创造性的实践，把生物发展的理论提高到更完备、更成熟的阶段，确立了进化论。

达尔文学说的主要内容可概括为四部分。

（1）变异性与遗传性。肯定了变异性是生物的共同特性，变异的主要原因是生活条件的变化。引起变异的生活条件如果保持下来，这种变异就会遗传给后代，而且会一代一代地加强。这就是“变异累积定律”。

（2）人工选择，获得新品种。人类对那些产生符合人类需要的变异的家畜和作物，连续进行选种，使变异愈来愈显著，因而获得具有显著差别的家畜和作物品种。

（3）自然选择，适者生存。自然界中影响生物进化的要素和人工选择相类似。在自然条件下，由于生物彼此之间及生物与周围环境条件之间的复杂关系，在较长的时间过程中，那些较不完善的，即对环境的适应性较差的类型，就会逐渐被淘汰；那些较能适应周围条件的类型就会保存并发展。

（4）新种的形成。在自然选择过程中，逐渐发生性状差异的加强和累积，于是在一个种之内形成了各种不同的变种，变种之间的差异进一步加深，就成为各种不同的新种。

达尔文与拉马克的学说，在生物的发展观这个大方向上是一致的，在个别具体论点上还有不尽相同之处。例如，对于变异与遗传的解释，拉马克侧重在生物器官“用进废退”这方面，达尔文则较全面地阐明了自然选择的作用。

值得提出的是，德国动物学工作者海克尔（1834—1919）所建立的“重演说”，认为生物个体发育的各个阶段，是将这个生物所属的种族从远古祖先历代演化的一系列状态（历代变化，又称系统发生），在一定程度上重新表演出来。海克尔指出，个体发展的历史，是种或种族的发展历史的简短重复。各种多细胞动物的个体发育，特别是在幼虫时期，都经历大体相似的阶段，这表明了动物起源的共同性。海克尔的演说，有力地支持了达尔文的进化论。

自1859年达尔文的《物种起源》一书问世后，生物进化的思想逐渐为人们所接受。过去在一定程度上借助于古生物学资料而逐步形成和发展的进化论，以后转过来促进了古生物学的发展。但是，究竟是什么力量推动了生物的发展，这显然是进化论的关键问题。庸俗进化论者扩大了达尔文学说中的缺点，片面地强调外因的作用，否认内部矛盾是事物发展的根本原因，只承认事物的渐变，否认质变的飞跃，这是极其错误的。

与生物发展学说密切关联着的遗传学中，出现了一些不同的论点。有些形而上学的论点，例如认为各种有机体内都具有永生和不变的有机质，把它们的特点一代一代地传下去，这样就为西方的“优生学”和法西斯的“种族主义”提供了一种“理论”基础，是极端错误和有害的，应予以严厉批判。不过那些论点同以化石为研究对象的古生物学关系不大，不在这里讨论。

五、人类的出现

自然界中生物的发展，终于导致人类这种能改造和征服自然的特殊生物的出现。

真正的人，能制造工具的人，是出现在最近100万年之内。对悠远的地球发展史来说，100万年只是一个很短暂的时间；但和人类有文字记载的历史相比，毕竟是太远了。人们总想弄清这100万年之内发生的事情。

最初，在世界各民族中都流传着关于人类起源的各种神话和传说。拉马克在1809年出版的《动物哲学》这本书里，指出人类起源于类人猿，才开始突破了传统的神话传说，震撼了宗教迷信。达尔文在 1871 年出版的《人类的起源与性的选择》一书中，指出人类和现在的类人猿有着共同的祖先，是从已灭绝的古猿演化而成的，从而阐明了人类与动物的共同性，进一步奠定了人类在动物界的位置。伟大的革命导师恩格斯在 1876 年写的《劳动在从猿到人转变过程中的作用》著作中，运用辩证唯物主义的观点，揭示了人类起源和人类社会产生的规律，提出了劳动创造人的科学论断。恩格斯不仅肯定了人类与高等动物的一般共同性，更重要的是指出了人类与动物最本质的区别，即人类能制造工具并使用工具从事劳动来支配和改造自然，而一般动物则不能。本身具备着发展条件的人类远祖，正是在一定的环境条件下从古猿分化出来之后，通过必需的生活活动，使前肢解放为手，用双手制造并使用工具来改造自然，在改造自然的进程中逐步改造了自身，终于由接近类人猿的原始人发展成为现代人。

人类的发展可以分为：古猿—猿人—古人—新人，这四个阶段。在我国发现的“中国猿人”“马坝人”及“山顶洞人”，分别属于猿人、古人及新人阶段。实际上，每个阶段都包含着人类在发展中的一次质变的飞跃。

（一）人类发展的第一阶段——古猿开始从猿的系统中分化出来

人类究竟是在什么时候从猿的系统中分化出来的呢？对于具体时间，现在还有不同意见，但大家都认为是在第三纪的某一个时期，可能是中新世或其前后，即在渐新世晚期到上新世早期，距今约 3000 万年到 1000 万年。至于能制造工具的人的出现，却在第四纪，即在最近的100万年之内。从猿的系统分化出来之后，一直到能制造工具的人出现，这一段漫长的过程，是真正从猿到人的过渡阶段。

在中新世或其前后，由低等猿类中分化出了大型的类人猿。将现代类人猿体格结构的解剖性状与这种古代类人猿化石进行比较研究，可以知道古猿躯体各部分的结构，是在高级动物中与人类最接近的。正因为古猿本身结构具有与人相接近的性状，在一定的外界环境的作用下，古猿才有可能离开猿的系统而向着人的方向发展。

在树居生活环境的影响下，古猿躯体各部分在漫长的岁月里继续发生着缓慢的演化。例如它们在树上生活时，常用前肢（手和臂）采摘果实和捕捉小虫，后肢（腿和脚）则紧握树的枝干以支持全身重量。又如，它们在树上依靠“臂行”来移动，即用前肢攀握树枝来移动身体。当用前肢向上攀缘时，后肢就会呈现直立的姿势。长期这样的活动，就引起骨骼和韧带结构上的某些变化，为手和脚的进一步分化及两腿直立行走的进一步发展准备了条件。

依据古气候资料，可能是由于在第三纪早期即已开始的地壳运动，使大陆上升，引起气候及地形的变化，在第三纪中期，北半球中纬及南纬的广大地区，气候变冷和干旱，森林大片消灭。在第三纪中新世末期和上新世早期，古猿生活的地方已经不是大片连续的热带森林，而是有草原间隔的树丛。因此，古人类工作者认为，大片森林的消灭，是促使古猿从树上转到地面并逐渐运用两足行走以适应地面生活的外界因素。

古猿转到地面生活后，开始时可能像现代类人猿以半直立的姿势行走，即当后肢起立行走时，仍需弯着腰用前肢手指的背面

着地来起支持作用。等到前肢离开地面，完全用后肢行走并支持全身重量时，前、后肢就发生了决定性的分化。从四肢着地到两肢直立行走，是古猿从猿的系统分化出来之后的一次质变的飞跃。

在欧洲和亚洲发现的第三纪上新世早期的“森林古猿”化石比较零星，多为牙齿和上下颌骨碎片，其中有的种类与现代的某种大猿相似。另外，像在印度发现的某些古猿化石，就显示与人相似的性质。

在非洲发现的几种类型的似人似猿的化石，总称为“南方古猿类”。这类古猿化石是在第四纪更新世早期的地层中发现的。但它们向着人的方向发展，很可能是在更早的时期即在第三纪后半期已开始，而一直生存到第四纪更新世早期。有的古人类工作者认为，南方古猿是生存在第三纪之末与第四纪之初。总之，根据目前的认识，南方古猿类是代表猿人以前的人类发展阶段。

南方古猿的各部分化石骨骼都显示与人相似而与猿不同，而且所有骨骼的解剖性状，都一致表明它们已能直立行走，头脑较为发达，脑量（450 ~ 650 毫升）高于一般化石猿类和现代类人猿。它们处在人类最原始的蒙昧时代，已经在生活活动中本能地使用石块、木棒等天然工具，但一般还不能制造工具。

在我国广西柳城和大新等地山洞中发现的“巨猿”（或称“巨人”）化石，根据其牙齿和下颌骨异常硕大等特点看来，可能是似人的古猿系统上灭绝了的一个旁支。

许久以来，是把能制造工具的猿人当作最早的人类。至于南方古猿究竟是猿是人，则争论很久。目前古人类工作者已基本上一致认为，南方古猿在发展进程中已经经过从四足着地到两足直立行走的质变，应包括在人的范围之内。人类的范围因此扩大了，由于南方古猿远比猿人为早，人类的历史也因之大大延长了。

1959年英国人利基在东非坦桑尼亚奥杜威峡谷发现了一个头骨，定名为“东非人”。产化石地层经过同位素年龄鉴定，证明“东非人”生存的时代是在157万~185万年前。经过激烈争论之后，1961年将“东非人”改名为“南方古猿鲍氏种”，即属于南方古猿类型。

1960年利基又在发现“东非人”的同一地点发现头骨和其他骨骼化石，因层位比“东非人”稍低，当时曾称之为“前东非人”，1964年又将正式学名定为“能人”。近年来有不少古人类工作者主张“能人”也应归入南方古猿类型，其生存时代是在178万年之前。

（二）人类发展的第二阶段——猿人

猿人是第一次能用双手制造工具的人，他和那种只能本能地使用自然工具（石块、木棒）的一般南方古猿有了本质的区别。猿人能用双手制造石器，显示手的发展有了质变的飞跃。这种质变当然引起脑部以及全身各部分的相应的发展。

中国猿人（全名为“中国猿人北京种”，或简称“北京人”）在我国的发现，是对古人类学的一个重大贡献，发现于北京西南周口店的石灰岩洞穴中。1927~1937年陆续发掘到头盖骨、下颌骨和许多牙齿及其他骨骼，中华人民共和国成立以后继续有发现。这些化石显示中国猿人头骨远比现代人低，头额向后倾斜，面部向前突出，眉脊高高突起，牙齿比现代人大而粗壮，脑量（1075毫升）则比现代人较小，下肢骨基本上具有现代人的形式，前肢已发展为能制造工具的手，但股骨、胫骨的内部结构仍有若干原始性质，类似现代的大猿。

根据对猿人骨骼化石及和它们在一起发现的兽骨和石器的研究，中国猿人生存的时代属旧石器时代的早期，距今约40万年前。他们结成原始人群，生活在猛兽环伺的山林和原野中。他们共同制造工具（主要是石器），用以狩猎和防御野兽并采集植物果实，他们栖息在山洞内，已能掌握和使用天然火。

在我国陕西蓝田发现的中国猿人蓝田种的头骨与下颌骨，与上述中国猿人北京种基本相同，但蓝田猿人生存时期较早，距今约60万～50万年。

在外国，有在爪哇发现的爪哇直立猿人，在北非阿尔及利亚发现的阿特拉猿人以及在德国发现的所谓海德堡人等。根据目前的认识，他们和中国猿人的生存时期虽然可能有先后参差，但都属于大约50万～40万年以前的旧石器时代早期的猿人。

（三）人类发展的第三阶段——古人

从体格的形态结构上来看，古人介于猿人与新人之间。在地质时代上，古人比新人较早，生存的时代可能是在更新世晚期之初，距今大约10多万年以前，在文化方面比新人更为原始，属于旧石器时代的中期。由于最早的古人化石是1856年在德国的尼安德特山谷中发现的，在人类学上常把古人化石统称为尼安德特人（简称“尼人”）类型。

根据典型的化石，古人的腿比现代人短，膝稍曲，身矮壮，弯腰曲背，嘴部仍似猿人向前伸出，也没有下巴的突起，所制作的石器相比猿人的有很多改进，这说明古人的手部结构有了新的发展，因而更加灵巧，脑量（1350毫升）比中国猿人的大些，脑子的结构复杂些，具有比猿人更高的智慧，可能已经会取火，能猎获较大的野兽，并用兽皮做简陋的衣服，和猿人相比，古人的劳动范围扩大了，生产力提高了。所有这些情况，都显示古人在发展的进程上比猿人又向前跃进了。

古人发明衣服和取火，是在人类发展史中继猿人创造石器之后的两件大事。因为，像我国关于远古的传说那样，“钻燧取火，以化腥臊”，就会扩大食物的范围；同时能制作衣服和随时随地取火御寒，就能适应不同地区的各种气候条件，扩大了人类的活动领域，因而古人能分布在亚、非、欧广大地区。由于劳动协作的需要，在古人阶段的末期，应已具有形成原始社会的基本条件。由蒙昧的群居到社会组织的形成，是人类发展史上的一个非常重大的飞跃。

在我国已发现的古人化石，有广东曲江的马坝人，湖北西部的长阳人以及山西汾河流域的丁村人及内蒙古的河套人。这些化石的发现，显示当时华北、华南都有原始人类在生活着。马坝人和长阳人生活在江南时，江南气候温热湿润。在密林丛草中生活着大部分与现今在那里生活的动物相似的动物，如熊猫及犀牛等。丁村人生活在太行山西边的汾河流域，当时那里的气候比现在要温暖些，他们经常活动在汾河两岸的广阔地区，在那里制石器、取饮水、猎野兽。河套人居住在内蒙古萨拉乌苏河两岸。丁村人制作的石器，比中国猿人时期有显著的进步，出现了比较精细的石器，制作石器的技术有较大的提高。

（四）人类发展的第四阶段——新人

新人是古人的后裔，但在发展上又有了新的飞跃。这种飞跃首先表现在新人的体质结构和形态，除去某些细节外，他们非常像现代人，已属于“智人”种，即现代人种。新人化石所显示的体质特征是：身材比较高大；四肢的特点是前臂比上臂长，小腿比大腿长；直立行走的姿势和现代人一样，不像古人那样弯腰曲背；颅骨高度增大，额部隆起，下巴突出；平均脑量与古人相同，但大脑皮层的结构更复杂化。

新人开始出现于最近10万年之内，即更新世晚期的中叶，这时期的文化是处于旧石器时代的晚期。他们的分布比古人更为广泛，亚洲、非洲、欧洲、大洋洲和美洲，都发现了这一类型的人类化石。

我国发现的新人化石，在华北有周口店的山顶洞人，在华南有广西的柳江人和四川的资阳人等。这些新人化石头骨显示出黄种人的特征。在法国发现的新人称为克罗马努人，则具有某些白种人（欧罗巴人种）的特征。

新人的劳动经验和技能有了更大的进步，会制造复杂的石器和骨器，是机智的猎人。他们取火烤煮食物，大大地减轻了用嘴巴撕咬生肉时的力气，因而原来向前突出的嘴巴向后退缩，相反在嘴巴下面出现了向前突出的下巴。山顶洞人的劳动工具有骨针，显示他们能用兽皮之类缝制衣服，比古人的那种简陋衣服应该有了改进。

由于劳动效率提高：新人开始能腾出时间来从事艺术活动。例如山顶洞人除制作劳动工具之外，开始制造比较美观的装饰品，如穿孔的小石珠，挖孔的兽牙，磨孔的海蚶壳和刻纹的鸟骨管等。这些艺术品的制作，需要较高的技术。在欧洲（法国、西班牙、苏联）曾在新人（克罗马努人）居住过的洞壁上发现以动物为题材的壁画。

从新人阶段起，现代各主要人种开始分化出来。例如上述在我国发现的山顶洞人具有黄种人的特征，是蒙古人种的祖先；在法国发现的克罗马努人具有白种人的特征，是现代欧洲白种人的祖先。

人类文化的发展，经过新人阶段的旧石器时代晚期以后，先后进入新石器时代及金属时代。愈到后来发展愈为迅猛。从新石器时代的开始到现在至多不过一万年左右，金属时代的开始到现在不过数千年，人们开始利用电能到现在不过一百多年，原子能的利用则仅是最近几十年的事；而新石器时代以前的发展阶段，则动辄以数十万年到千百万年计。由此可见，人类的发展不是等速度运动，而是类似一种加速度运动，即愈到后来前进的速度愈是成倍地增加。

成长启示

寒武纪以前的生物演化看似缓慢，却为寒武纪时期较高级生物的大量出现提供了繁殖条件，促进了其质变的飞跃。不仅生物的发展演变如此，任何事物都遵循着由量变到质变的规律。荀子说：“不积跬步，无以至千里；不积小流，无以成江海。骐骥一跃，不能十步；驽马十驾，功在不舍。”无论做什么事，我们都要一步一个脚印地走下去，用一步步的积累，成就千里之途的辉煌。

要点思考

1. 文中提到的节肢动物有哪些？

2. 作者将人类的发展分为哪几个阶段？

人类起源于中亚吗

导读 我们都知道，人类不是女娲用泥巴捏出来的，也不是上帝在第六天创造出来的，而是由猿进化而来。可是，你知道人类起源于哪里吗？一些科学家认为人类起源于中亚，作者结合布拉克的文章，对这一问题进行了探索分析。

近年来，因为美国纽约天然历史博物馆的第二次亚洲探险队，在内蒙古和天山北路一带，发现了许多爬虫和哺乳动物的遗骸，并且证明北美洲古代的爬虫有许多是亚洲种的后裔；一班研究高等动物进化程序的人，愈觉得中亚是大多数高等动物发祥的地方。人类学者对于此种发现，尤觉饶有趣味。就是第三次亚洲探险队的领袖安竹士氏自身，也曾再三声明，说他们到内蒙古最大的目的，正是想证明这种假定，根本不错。他们还抱着极大的希望，去找人类始祖的遗骨。

中国领土内的发掘事业，是不是应该烦外国人代劳，第三次亚洲探险队的目的，是不是纯粹限于科学事业，我们虽不敢断言，但是，我们可以说，他们的工作，对于哺乳动物和人类的发展史的确有不少的贡献。从他们过去的成绩，不难推测他们工作的情形和他们主要的目的。

提起人类起源的问题，除了无知无识者和一班宗教家（特别自称为原始信徒者“Fundament Alist”）外，恐怕没有多少人不联想到猴子的身上去。可是猴子的种类很多，各种猴子与人相差的程度也不大相同。达尔文曾经说过：“最高级的猴子与最低级的猴子相比，它们的差别，恐怕较最高级的猴子与最低级的人类的差别还要大。”所以考查人类的起源，在一方面固然可以从人类自身追溯，而另一方面还少不了要查猴子进化的历史。在现在这个世界上生存的猴子，种类已经不少；还有许多种类，久已灭迹了。所以我们如若想研究猴子的发展史，除动物学上的工作外，还得要借助古生物学。北京协和医学校的布拉克（D. Black），最近在中国地质学会会志第四卷第二号上，发表了一篇文章，搜罗一切关于古代猴子分布的事实，并说明其如何分布的原因，极得要领。凡属留心人类起源者，似乎不可不一读。

布拉克的讨论，共分三步。第一，由现今世界的地势总说猴子与猿人传播的情形。第二，从古代的地势观察它们传播的程序。第三，论到古亚洲大陆（Pal-Asia）的形状组合对于猴子的进化及其传播应有的影响。

在第一步的讨论中，布氏根据雷德卡（Lydekker）和马太（Matthew）的意见将赫胥黎所谓大北动物区域（Arctogaea）及大南动物区域（Notogaea）分为五大区：（一）全北区（Holarctic），包括北亚、中亚、欧洲全部，非洲北部，美国的大部分及墨西哥的北部。（二）远东区（Oriental），包括中国南部，印度及南洋群岛。（三）南非区（Ethiopian），包括非洲中部、南部及马达加斯加群岛。（四）澳大利亚区（Australian）。（五）新热区（Neotropical），包括中美洲及南美洲全部。

现在生存于这些区域的猴子以及在这些区域中已经发现的猴子化石，虽然种类不少，但其中最明显的分布，都有一个相同的系统。例如狐猴类（Prosimiae）中现存的各种，几乎有一半都限于马达加斯加群岛；其余有若干分布于非洲大陆，若干分布于远东区的东南境。而在此二区域生存的狐猴，不独无同种，并且无同族，证明它们共同的祖宗，必定久已消灭。在全北区中，现在绝无狐猴。可是在中国北部以及北美洲、欧洲都有初级狐猴生存的遗迹。那些初级的狐猴，皆属于古新乃至初新时代。就进化的阶段讲，它们发育的程度，大致相等；而它们一部分散布于美洲的北部，一部分散布于欧洲，无怪乎马太、斯特林（Sterling）诸氏相信此等猴类，必有共同的祖先，那些祖先发祥之地，应该在欧洲与北美之间某处，中亚喜马拉雅山以北一带，恰合这种条件。

布氏又说到广鼻猴类（Platyrrhine）。这种猴类的分布，全限于新热区。它们与人类的起源无关，兹不必说。与人类有直接关系的猴子，乃是狭鼻猴类（Catarrhine）。其中猕猴（Cercopithecidae）、人猿（Simiidae）两族，与现今人类的发育最有关系。

猕猴可分为两亚族。第一种体格较小，又称为小猕猴宗（Semnopithecinae）。第二种体格较大，可称为大猕猴宗（Cercopithecinae）。古代小猕猴的遗骸，曾经发现于波斯、希腊、意大利及埃及等处。它们都属于次新（Miocene）及更新（Pliocene）时代。现今的小猕猴，分为两支，一支是拇指类，分布于非洲。一支是天狗猴（Nasalis）类，其分布限于远东区。俾路芝（今巴基斯坦）到红海一带，绝无小猕猴的踪迹。所以从小猕猴在古代及现在分布的情形看来，布氏唯有假定中亚为其发祥之地，才可说明其连续传播的事实。从大猕猴在欧亚非三洲分配的情形推论，布氏得了同样的结案。

再次，说到人猿族。此族中现存者，有长臂猴（Hylobate）、大猩猩（Gorilla）、山般子（Anthroropithecus）、西猕猩猩（Simia）等类。其中大猩猩及山般子的分布，限于非洲赤道一带。长臂猴和西猕猩猩都在远东区的热带附近，如云南、安南、琼州以及南洋群岛各处。这四类猴子，就其身体的构造而言，长臂猴最特别。大猩猩和山般子颇相类似。西猕猩猩与前说两类比较，相差颇大。所以布氏推测人猿族的祖宗必定发祥于非洲与远东区之间的地域；而且必定经过长时间的变化，他的子孙才发生今天体格上的差异。布氏的这种断定，有许多初级人猿类的化石以为佐证；那些化石产于印度的北部及欧洲的南部。他们都属于少新及次新时代。其中最有力的佐证，是有许多事实，表示欧洲的初级人猿，比他们在印度的同类，离祖宗发祥之地较远。

在第一步讨论中，布氏最后提及各色人类的分布。其中有三点最足以使我们注意：（一）一切现今的初级人种（Protomorph）如日本之虾夷，非洲之学江（Fuegian）（学江为旧时对古人类“火地岛人”的称呼。火地岛位于南美洲的最南端，接近南极。疑是当时的古人类研究对火地岛的地理位置的有误解，所以将之命名为“非洲之学江”），南非洲之波脱久多（Botocudos）都分布在全北区的边陲，或其附近。（二）现今已经发现的猿人化石，在东方的要算爪哇直立猿人（Pithecanthropus erectus），在西方的要算皮尔当人（Piltdown Man）及海德堡人（Homo Heidelbergensis）。这两批人类几乎同时传播到欧亚大陆的两端。大概第四纪的初叶——但是严格地讲起来，爪哇直立猿人到爪哇的时期，少许在前。皮尔当人和海德堡人到欧洲的时期，少许在后。（三）在爪哇曾经发现澳大利亚人的祖先。这些事实仿佛都表示人类的传播，都是由亚洲的中央向四面八方移动的。

布氏立论，完全根据马太意见。马太说：“无论什么是使一个种族进化的原因，在那个种族发祥之地（也可说是他传播的中心），他的进步常常最快；并且在同地应其环境的变更继续进步。每次进步，必致较高级的种族同外传播，仿佛波浪。所以在一定的时候，最高级的种族，离传播的中心最近。最守旧的种族，离传播中心最远。”根据这种意见去看以上所述各项事实，我们似乎不能不承认布氏的结论；那就是自第三期的初期以至近代人类发生之日，中亚为大多数高级动物发祥之地。

布氏第二步的讨论，是利用葛利普氏最近所编的古代地势沿革图。葛氏的地图，是专从无脊动物的分配上研究得来的。然而他所表示的海陆变迁，恰与布氏理论上所要的条件相合。即此一端，愈觉人类起源于中亚之说可靠。

布氏第三步立论，多为他个人的理想；待证实的点颇多。现在我们在此似乎不必详论。

成长启示

布拉克的讨论不是凭空想象出来的，而是搜罗了一切关于古代猿猴分布的事实，并参考了马太的意见，利用了葛利普氏编绘的古代地势沿革图。牛顿曾说：“如果说我看得比别人更远些，那是因为我站在巨人的肩膀上。”我们要学会合理利用他人的经验，为自己的成长进步提供指导。

要点思考

1. 布拉克的讨论分为了哪三步？
2. 布拉克在第一步讨论中，参考了谁的意见？

读书与读自然书

导读

我们平时阅读的纸质书、电子书是书，我们身处的大自然也是书，都需要我们去体味、去感受。在作者看来，读书是读者和著者的交涉，是一种间接的求学；而读自然书则是读者和物的直接交涉，是一种直接的求学。

运用下定义的方法，通俗易懂地解释了书的特征。

什么是书？书就是好事的人用文字或特别的符号或兼用图画将天然的事物或著者的理想（幻想、妄想、滥想都包在其中）描写出来的一种东西。这个定义如若得当，我们无妨把现在世界上的书籍分作几类：（甲）原著，内含许多著者独见的事实，或许多新理想新意见，或二者兼而有之。（乙）集著，其中包罗各专家关于某某问题所搜集的事实，并对于同项问题所发表的意见，精华丛聚。配置有条，著者或参以己见，或不参以己见。（丙）选著，择录大著作精华，加以锻炼，不遗要点，不失真谛。（丁）写著，拾取他人的唾余，敷衍成篇，或含糊塞责，或断章取义。窃著著者，名曰书盗。假若秦皇再生，我们对于这种窃著书盗，似不必予以援助。各类的书籍既是如此不同，我们读书的人应该注意选择。

要想取得进步，我们需要自己去探索和创造，拾人牙慧不会使我们获得任何成长。

什么是自然？这个大千世界中，也可说是四面世界（Four dimensional world）中所有的事物都是自然书中的材料。这些材料最真实，它们的配置最适当。如若世界有美的事，这一大块文章，我们不能不承认它再美不过了。可惜我们的机能有限，生命有限，不能把这一本大百科全书一口气读完。如是学“科学方法”的问题发生，什么叫作科学的方法？那就是读自然书的方法。

双重否定句，强化了语气，强调了自然的可读性。

书是死的，自然是活的。读书的功夫大半在记忆与思索［有人读书并不思索，我幼时读四子书（即四书，指《论语》《大学》《中庸》《孟子》四部儒家经典）就是最好的一个例子］，读自然书种种机能非同时并用不可，而精确的观察尤为重要。读书是我和著者的交涉，读自然书是我和物的直接交涉。所以读书是间接的求学，读自然书乃是直接的求学。读书不过为引人求学的头一段功夫，到了能读自然书方算得真正读

运用做比较的方法，阐述了作者心中读书与读自然书的区别，突出了读自然书的益处。

书。只知道书不知道自然的人名曰书呆子。

世界是一个整体，各部彼此都有密切的关系，我们硬把它分成若干部，是权宜的办法，是对于自然没有加以公平的处理。大家不注意这种办法是权宜的，是假定的，所以嚷出许多科学上的争论。杰文斯说按期经济的恐慌源于天象，人都笑他，殊不知我们吃一杯茶已经牵动太阳倒没有人引以为怪。

我们笑腐儒读书，断章取义咸引为戒。今日科学家往往把他们的问题缩小到一定的范围，或把天然连贯的事物硬划作几部，以为把那个范围里的事物弄清楚了的时候他们的问题就完全解决了，这也未免在自然书中断章取义。这一类科学家的态度，我们不敢苟同。

我们不能随意割断事物之间的联系。因为联系不以我们的意志为转移。忽视事物之间的联系，主观割断事物之间的联系只能使我们一叶障目，难以取得进步。读书如此，做学问也是如此。

我觉得我们读书总应竭我们五官的能力（五官以外还有认识的能力与否，我们现在还不知道）去读自然书，把寻常的读书当作读自然书的一个阶段。读自然书时我们不可忘却我们所读的一字一句（即一事一物）的意义，还视全节全篇的意义为意义，否则便成了一个自然书呆子。

成长启示

叶圣陶先生有诗云：“天地阅览室，万物皆书卷。”我们不仅要阅读书本内容，还要学会阅读自然万物，要走进大自然中，去读美丽浩瀚的星空，去读广袤苍茫的大地……

要点思考

1. 作者将世界上的书籍分为了哪几类？

2. 作者认为应怎样处理好读书与读自然书的关系？

如何培养儿童对科学的兴趣

导读

在作者看来，科学之于自然犹如武器之于战争，有着至关重要的作用。作者呼吁培养儿童对祖国和大自然的爱、对科学的兴趣，并对我国的儿童寄予殷切的期望。

要培养儿童对科学的兴趣，首先要培养儿童对祖国、对劳动人民的热爱。也只有具有这种热爱的人，才能无私地去钻研科学，用科学的成就来发展祖国的生产能力，提高文化水平，从而把那些宝贵的成就贡献给全体人类，丰富他们的生活。这样才能充分地发挥无产阶级领导的社会中儿童的高贵品质。这种崇高的品质，不是资产阶级社会中从事儿童教育的人们所能彻底了解的。

科学对于自然犹如战争中的武器（运用比喻的修辞，将科学比作武器，生动形象地写出了科学对我们战胜自然的重要作用）。要想战胜自然，我们必须掌握这种科学的武器。苏联伟大的生物学家米丘林说："我们不能等待大自然的赐予，我们要向它夺取。"为着使自然更驯服于人类的意志，我们必须从认识自然进到改造自然，而科学就必须在这样的过程中发挥作用。

应当使儿童从很幼小的时候起，就注意到自然的伟大。家庭和学校的教育应该培养儿童对自然的兴趣和改造自然的愿望。在儿童好奇探求自然界知识的时候，应该加以诱导，应当利用游戏和玩具来发展儿童对于自然的认识和创作的要求。譬如建筑的游戏，可以培养思考和想象力；沙土的游戏，可以初步地发展改造世界的要求和愿望；飞机模型的创造，可以增加儿童对于航空机械的兴趣；而庭园种植花卉的劳动，大自然中的旅行，工厂的参观，都可以培养儿童对于大自然的爱，对于祖国的爱，对于科学的兴趣。有许多儿童从小就有将来做科学家的愿望，这是好的，但必须好好地培养。我们科学工作者，应该帮助学校培养儿童对科学的兴趣。譬如与儿童会见，给他们讲科学发明的故事与新的科学成就，帮助儿童进行科学的实验和创造活动等。

中华人民共和国的儿童是完全有条件在科学上发展自己的才能的。为了获得科学的成就，我们还须更艰苦和更坚决地努力。苏联伟大的生物学家米丘林、生理学家巴甫洛夫一生的奋斗，对于这种必需的毅力，就提供了很好的榜样。伟大的无产阶级导师马克思、恩格斯、列宁的奋斗的事迹和伟大的理想，更辉煌地照耀着我们儿童们光辉灿烂的前途，我为中华人民共和国幸福的儿童们欢呼。

成长启示

我们享受着他人的发明给我们带来的巨大益处，我们也必须乐于用自己的发明去为他人服务。如今我们享受着前人带给我们的诸多科学成果，汲取着科学家们经不懈探索后传递给我们的科学知识。我们不能只坐享前人的成果，还应挥洒汗水，充分发挥自己的才能。新科学成就的取得，需要我们这一代人不断地努力和奋斗。

要点思考

1. 为了阐述科学的重要作用，作者将科学比作了什么？

2. 为了培养儿童对科学的兴趣，家庭、学校和科学工作者分别应怎么做？

风水之另一解释

导读

提起风水，想必大家都不陌生。在很多人的认知里，风水带有一丝神秘的色彩，它的好坏可能会影响到家族、子孙的盛衰凶吉。不过，我们接下来所要谈的风水，可和大家固有观念里的风水大不相同。

我们都知道世界的组织是一个极复杂的东西。它各部分彼此的关系，各部分彼此的反应，各部分彼此的牵制，往往在我们的意料以外。这固然不足为奇，因为从我们像猴子的祖宗出现一直到现在，我们人类所得的知识还是有限极了。但是有时候我们睁着一对好眼睛做瞎子。有许多事情我们并不是不知道它们彼此的关系密切，然而我们却把那种关系忽略地看过。忽略看过的缘故，或者是因为那些关系的影响太小，我们看不清楚；或者因为影响太大，我们看不完全。

近年来科学的范围渐渐地扩充。什么黑暗的地方，我们也要用科学的光来照它一照。从前人信为真的事，有许多我们却知道是迷信。又有些从前以为是迷信的事，我们倒渐渐地觉得它有点儿道理。比方鬼那个东西，我们从前都以为它不存在，一切谈鬼都是胡说，都是迷信。现在我们却知道有许多奇奇怪怪的事实引起从前的迷信。那些事实实在有用科学的方法研究的价值，在欧洲有许多科学名家，尤其是物理学家，相信有鬼。不过他们所说的鬼与从前迷信的鬼性质有点儿不同。

我们国家的人，向来建一间房子，或者埋一个死人，都要先问堪舆家（以看风水为职业的人，俗称“风水先生”。堪舆，风水）门向利不利，来龙好不好。近年来，大家讲点儿科学，都知道这种糊涂的举动，有碍文化的进步，想快快地设法摆脱，在国人的思想上总算进了一步。但是如若再进一步，恐怕我们反而要把“风水”拿来研究。就现在我们的知识看起来，风和水对于人生确确实实有重大关系。不过我们现在所说的风水，与从前所说的风水有根本的不同。好像古式天文学（Astrology）与现今的天文学（Astronomy）有不同的地方一样。他们从前所说的风水的影响，仿佛必先经过死人，或者一种神秘不可思议的机关，然后才能到活人的身上。我们现在所说的风水，直接地影响我们自己日常的生活。那种影响或者有一部分，在我们活着的时候，由我们传到我们的子孙。他们从前所说的风水，只影响得地气的一家或一族。我们现在所说的风水，影响一个民族或者一个民族的一部分人。他们从前所说的风水，最后以一家一族的盛衰、吉凶祸福为归结。我们现在所说的风水，以一地居民的生活状态，或其文化的种类，或其程度为归结。他们从前所说的风水，以甲、乙、丙、丁，子、丑、寅、卯，青龙、白虎等无意识的名词为要素。我们现在所说的风水，乃是真正以风以水及其他可凭可据的种种地上或地下的现象为要素。

人是一个动物，多少能自由行动。但是所有的动物不必都能行动。有许多动物，比如珊瑚类，身上有一种根，长在地上，自从它生出来的日子一直到死，简直没有移动的机会。还有许多动物在幼时能自由行动，一到长成，便变成了一种固定的东西。人类虽有自由行动的能力，然而就是在现在交通方便的时代，大多数人能行动的范围还是不能不受天然的限制。并且世界上有许多的人虽然没有有形的根，然而不知不觉在他居住的地方长了许多无形的根。在地上生根的动物，由一定的地方吸收一定的养料。它们的生活状态乃至它们的形状，当然要受当地物质上种种的制约，这是极为明了的。但是关于高等动物，比如人类，因为他们有自由行动的能力，因为他们有智能的作用，所以他们所居的地方，或者他们所在的环境，对于他们的生活状态，有无影响，有何等影响，却不容易看出来。就大概而言，大家都觉得环境对于人生，都有一种关系，大家心里，酿成这种信仰，自然是因为有许多事实隐隐约约地做证据，所以后一层没有问题，但是有如何的关系，有何等的关系，这一层倒要费些研究。

要研究这个问题，我们不能不先做一点儿分析的功夫。什么叫作环境？通俗的意义颇欠明了。现在我们要造一个较为概括的，而且较为正确的界说（定义的旧称）。人类所处的环境约略地可以这样表明：

（A）生物世界
- 人类社会……人与人的关系……社会环境
- 动物群
- 植物群

（B）无生物世界 ……人与物的关系……自然环境

- 气候
- 地形
- 水道
- 土壤
- 矿产
- 地盘的构造

以上对是环境一方面的分析：有关人类的生活状态的事件有很多。但是其中最重要的大都可概括如下：

（A）生存的要素

- 衣
- 食
- 住（包含交通的设备）

（B）职业的种类

- 农
- 渔
- 畜牧
- 畋猎
- 矿业
- 制造
- 商业

（C）活动的种类

- 体格
- 健康

（D）修养的特色

- 科学
- 美术
- 宗教

（E）社会的秩序

现在进一步求两方面的关系。

社会环境对于个人如何的重要久已有社会学者替我们研究，现在不用多说。自然环境对于人生的关系，近年来也渐渐有人研究。从前讲地理的人专事记录事实，只要知道世界上有多少国，多少山，多少河；一国里有多少人口、多少面积，什么出产就完了，并不问这些事实有如何的联络，如何的关系。现在不然，地理学家都要问这些事实发生的缘故，都想由那车载斗量的记录中找出一个头绪。这一条路可算得已经开了，但是离我们最后的目的地还甚远。开辟这一条路尽力最大的人，恐怕要数戴维斯（W. M. Davis）、德·马东南（De Martonne）、亨廷顿（Huntington）诸氏。我们现在所得的一点儿知识大半是他们劳力的结果。

现在我把以前所举的自然环境对于人生种种的关系一件一件地略述一遍。

动植物　人类的生活差不多时时刻刻都离不了植物或动物，三岁的孩子都知道。但是某种植物或动物对于人生有何等的关系，却要费点儿考究。比方单就食料而言，有肉食，有菜食，肉食的人种与菜食的人种相比，不独体格不同，就是性情也有许多不同的地方。肉食过多容易令人发展出凶恶性，菜食主义仿佛多少可以培养人慈爱温和的性情。肉食的人种平均体力较大，菜食的人种平均体力较小。肉食人种与菜食人种中流行的疾病往往不同。单就菜食而言又可分为两大宗：有以麦为主要的食物，有以谷为主要的食物。麦类养料较多，发热较多，消化较难。寒冷地方的居民，大都吃麦为生。谷类养料较少，消化较易。暖地或热地的居民，多以米为生。这不过就大概而言，当然有许多例外。

不独人类的食料与动植物有如此的关系，就是衣住两项要素，也视附近的动植物的种类为转移，人类在未开化的时代，这两个要素受动植物的牵制更严重。试问穿皮与穿树叶相比，寒暖何如？居土洞与居树棚相比，生活的差别何如？骑马与骑象相比，快慢何如？再进一层，穿皮的人种、居洞的人种、骑马的人种与穿树叶的人种、住棚的人种、骑象的人种相比，他们习惯上的差别又何如？

我们北边的蒙古人以及我们西北边的柯尔克孜人（Kirghiz）给我们顶好的一个例证。他们为什么善骑马？他们为什么养成了游牧的习惯？因为内蒙古和天山北路诸地雨量很少，除了这一块那一块草场以外，植物极稀，五谷更不能生长，然则叫他们吃什么？自然只好吃牛酪、羊酪，牛肉、羊肉，穿牛皮、羊皮。牛和羊吃什么？只好吃草。吃得快，长得慢，牛羊要饿死了。有什么办法？只好再找一块有草的地方。所以他们终年跑来跑去。现在我们懂蒙古人何故有游牧的习惯，柯尔克孜人何故夏天上天山，冬天到天山以北的平原生活。不用说，以游牧为生的民族，从生到死为日常的必需奔走之不暇，还有什么能安堵（安定地生活）的地方给他们坐着想一想世界上的事？还有什么机会给他们谋一点儿高尚的娱乐？那么，有什么科学、美术，有什么文化可以发生？

各种动植物在世界上的分布不是偶然的，乃是要受自然情形的支配。自然情形之中支配动植物的分布的，以气候、地形、土壤三项较为重要。三项之中气候尤为重要。

气候　通俗所谓气候，指平均的天气而言，意义不甚明了。我们现在所说的气候，包含一个地方每日平均的湿度及每日温度的变更，四时平均的温度及四时温度的变更，雨量的大小，降雪的多少，空气的湿度，云雾的轻重或有无及其他空气中一切的情形。

气候对于人生的影响可分为两方面说:(一)间接的影响,(二)直接的影响。所谓间接的影响，就是人生种种的需要大半都不能不受气候的支配。比方寒冷的地方或温暖的地方抑或极热的地方的动物都有特色。种类既异，繁殖的情形也各不相同，动物学家把这些气候不同的地方的动物群分开，定了特别的名称。动物学家和古生物学家都知道热带动物群（Tropical fauna）、寒带动物群（Frigid fauna）有如何的异点。要明白动物的分布与气候的关系，我们随便拿一张动物分布地图一看就知道。植物也是受气候的支配。寒冷地方的植物都矮小，顶冷的地方只有苔藓类的植物生长。热地的植物常茂盛高大，易成丛林，湿地与干地的植物又大不相同。比如禾稻类性喜卑湿（地势低下潮湿），稷麦类性喜干燥，它们的成分多少都有点儿不同。所以在吃它们用它们的人类身上，自然也应该发生不同的影响。

气候学家向来有一个问题，至今还没有完全解决。那就是世界上的气候仿佛有周期的变更。这个周期的长短大概在十年、十一年，或者十年、十一年的倍数。这种周期的变更仿佛与太阳中的黑点的出没有一定的关系。据近来道格拉斯（A. E. Douglass）的研究，这种周期的变更影响到树木年轮的厚薄。即此一端，足见植物与气候息息相关的情形。

不用讲这种精微的地方，就是从极粗浅的地方着想，我们也知道气候与人生关系如何的密切。像我们这样的农业国家，遇了几年大旱，或者雨量过多发生了水灾，几百万男女老幼都颠沛流离，一切的事业因而废弛。高尚的修养，比如种种教育机关，只好停办了。

人类的食品与气候也大有关系。冷地方的人宜多食发热的食料，比如麦类、乳酪类、脂肪类。这些食品滋养成分甚多，所以冷地方的人体力较大。热地方的人多食清淡的食料，比如水果、瓜菜、米类。若吃发热太多的食料，必致发生消化不良的病。世界上有一种顽固守旧的英国人，他们到南洋殖民，每日早餐还要吃两个鸡子儿（鸡蛋），一块咸肉。吃了不过一两年，他们就要请病假回国了。我们的饮食不能不受气候的支配于此可见一斑。

我们所住的房屋的大小形式也要受气候的支配。中国北部的房子为什么平顶矮小的居多，南部的房子带屋脊而且较为高大的居多，都是因为雨量风力所逼迫而成的。这一层不用细说，我们都知道。

我们的职业，甚至于一国工商业的发展，有时也与气候有重要的关系。请看我们国内所用的洋线洋纱，从前差不多都是由英国运来的，近来从英国运来的还不算少。英国的纺织差不多都在兰开夏郡（Lancashire）一省。我们看世界上棉花分布的区域，并没有兰开夏郡这个地方。然则何以那里的纺织业发达？我们看世界上雨量分配图，就能明白其中的原因。原来兰开夏郡一带空气很湿，而纺织事业宜于在空气湿的地方开展。有了这种天然的条件，再加上还有其他天然的条件凑合，所以兰开夏郡的纺织业是非常发达的。

现今世界上人文的特色，可以说是自由地利用天然势力。现在我们所用的天然势力，大半都出在煤和煤油身上。全世界地下所储蓄的煤和煤油有一定的分量。现在我们的用量一天比一天多，而它们在地下一点儿也不能增长。那么一定有一天煤和煤油要用尽了，这个时期并不甚远。那时候我们的汽车、电车恐怕一

齐都要停摆，有什么法子补救？我们只好另外辟一个天然势力的来源。由原子里取出来，恐怕做不到。仰仗木材，木材长得太慢。将来恐怕有一天我们还要从太阳身上想法子。这法子并不太难。太阳每日给我们地球多少热力，不过有的地方空气中湿气太重云雾太深，将太阳送来的热力吸收去了。现在世界上已经有人做出太阳发动机，不过不甚完善，效力不大。这种机器将来如若能改良，现在人人放弃的撒哈拉（Sahara）大沙漠或许能变得与现在世界上顶好的煤田相同。

以前所说的都是气候间接地对于人文发生的影响。还有许多直接的影响。

昨天天气清和，我们都觉得做事格外爽快。今天天气阴湿，大家觉得精神萎靡，做事也比昨天迟钝。一入初夏，筋骨都觉得松了。一交秋令，天高气清，我们的头脑仿佛格外地明晰，筋肉格外地紧张，仿佛产生一种乘长风破万里浪的气概，这种感觉正是表示气候对于人类的精神和身体有何等直接的影响。关于这一层，亨廷顿研究最详。他曾用统计的方法把世界各地方的湿度、温度对于居民的健康程度的关系，做出了几个重要的图。他又做出许多图来比较世界各地文化的程度与气候的关系。照亨廷顿研究的结果，气候的变更比平均的气候对于人类的影响较为重要。

热带地方的人民容易饱暖，体力较小，所以他们不好运动，而好静想。一方面使他们发生怠惰的习惯，一方面使他们易倾向于消极的思想。然则佛教出于印度乃是自然而然，并非偶然。埃及、波斯等地文化只限于人文发展的初期，一部分也可从气候上解释。

然则世界上各处的气候何故发生了差别？这是一个根本上的问题。我们对于这个问题可以简单地回答，分为三层:（A）受纬度的支配,（B）受气流及潮流的支配,（C）受地面的高度及形势的支配。假若地球的表面极为平均，无高低的差别，无海陆的差别，那么，全地球可分为许多气候圈。每个气候圈都与赤道平行。同一时候各气候圈所受的阳光不等。在赤道附近，当春分秋分时，太阳正在赤道之上，所以受阳光最多。当冬至夏至时，太阳离赤道最远，所以受阳光最少。但是这种变更不甚重要，因为一年之中，每日正午太阳总离顶线不远。若由赤道向北极走，离赤道愈远，太阳的光线射到地面愈斜。但是同时昼夜长短的差愈大。若在夏季昼愈长夜愈短，因为白天的时间增长，所得的阳光与因为光线变斜所失的阳光两两相消。在 6 月 21 日北半球所受的阳光有两个最大的处所。一个在纬度 43.5°；一个在北极。纬度 62° 附近所受的阳光最少。1 月 21 日南半球的情形与北半球 6 月 21 日受太阳热的情形大致相似。

然而就事实上看来，世界上的气候并非按着这种受阳光的情形分配的。热带地方有雪山，比如乞力马扎罗山、鲁文佐里山。纬度极高的地方比如挪威的北部也可居人。这就是一方面有地面的高度调剂，一方面有暖潮调剂。以前曾说过英国西部兰开夏郡一带比东部的雨量多。之所以发生这种差别，是因为英国中间有一条山脉由北至南名奔宁山脉（Pennine Range），由大西洋来的风中所含的湿气一半为这个山脉所挡住。我们中国南方雨量较多北方较少，一半自然是季候风使然，一半也是因为中间有一条很长而且很高的秦岭挡住东南边来的湿气。

高山不独如前所说能支配湿气的流动，并且能促进水气的凝结。照以前所说的种种事实看来，一地的气候至少有一部分受地形的支配。

地形及水道　一个地方的水道乃是直接受那个地方地形的支配，这显而易见。这两层无妨并作一层说。地形与人生的关系也可从两方面说:（一）间接的影响，（二）直接的影响。间接的影响又可分为几层说。植物群的分布常与地面的高度以及地面的形势有一定的关系。比方在喜马拉雅山脚我们所见的植物是热带的植物，渐渐上山，植物的种类渐渐变更，与温带地区的植物相当。到最高的处所所长的植物，却与寒带的植物形态相似。动物群也与地形有一定的关系。有的宜于山居，如猴类、虎豹类。有的性喜高原或平原，如驴马等类。有的性喜卑湿，如鹿豕等类。所以居高原平原的人得了驴马等类交通的利器，他们长于骑驭，因之渐渐产生了许多特别的习惯。

简单起见，我们可将各样的地形概分为二式:（一）丘陵式，（二）原野式。丘陵式的地方常有山脉起伏，河流萦绕。此种地方的河流往往较深而不易泛滥，便于行船。中国南部，即秦岭以南的地方，就属于这种形式。原野式的地方常有广大的高原平原，一起一落。高原与平原接头的地方地形变更甚急，河流较浅，河床极宽，容易泛滥，不利行船。中国北部即秦岭以北的地方，就属于这种形式。一地文化的发展，交通的难易，可算得是极重要的原因。所以尼罗河畔、底格里斯河（Tigris River）、幼发拉底河（Euphrates River）以及恒河流域等处，都是古代文化的渊源。中国西北境都是高山，东南一片浩海，所以几千年关在门里，与他族老死不相往来，没有什么进步。就中国内部而论，南北的情形亦有大不相同之处。南边因为有一条长江，所以近年来新思想发展较快，北边虽有一条黄河，不利于交通。北部的居民新思想发展较慢，这不能不算一个大原因。

一个大陆上分了许多国。一国里往往又分了许多政治区域。这些国界和政治区域的境界，往往就是地形变更的地方。又可以说是地文区域的界线。请看英伦与威尔士的界线，西班牙与法国的界线，意大利和瑞士与奥地利的界线，战国时代各国的界线，三国时代魏蜀吴的界线，现今**中国内地十八省**（又称汉地十八省，是清代时汉族的主要居住区。十八个省份分别是：江苏、浙江、安徽、江西、湖北、湖南、四川、福建、广东、广西、云南、贵州、直隶、河南、山东、山西、陕西、甘肃）的界线，都不是偶然发生的，亦并不是绝对的用人工做成的，多少都有天然地形的关系或地文的关系存乎其中。一个国家理想的政治区域，当然应与那一国的地文区域多少一致，因为那样合乎自然的组织，就行政的便宜上说，最为经济。就政策上说，最足以启发各地方人民的特长。

至若地形对于人生直接的影响，可分为身体方面与精神方面两层。山路崎岖，往来行旅必要费许多的精力，且山上的气候往往比平原的气候变更较为剧烈，所以山居的人民往往体力较大，并且富于坚忍耐劳之性。平地的居民锻炼体力的机会较山居的居民为少，所以他们的性质体格往往较为软弱。这是只就身体方面说的。若论到精神方面，影响之大较身体方面恐怕有过之无不及。人类是最富于模仿性的一种动物。外界种种的形状，都在他心里留一个印象。这些印象他随时就可拿出来应用。我们何以知道做一个车轮？决不是因为有了几何学我们才能知道做出一个圆的东西。我恐怕天上的太阳月亮早已把一个圆的观念给我们的祖宗了。由此类推，人类所有种种形态上的基本观念，恐怕不由天然界得来的很少。更进一层，人类自己的性格恐怕也不能逃脱天然界种种物象的支配。山象巍巍，所以山居的人禀性应甚沉重。水象清淡，常常流动，近水的居民应该禀性较为轻率而圆通。中国北部风景简单，黄土平原，一望数千百里，所以北方的人民赋性应该较为简单，较为直爽，但不免缓慢呆滞。南部山回水曲，景象随地不同，所以南方人心境应该较为复杂，往往智慧多端，但是不免近于狡猾。同为中国人种，数千年来受同样的教化，而性格竟相差若是。根本的原因大部分不能不归之于地文。

然则地面何故发生种种形势，要根究这个问题，我们不能不讲到地质。

土壤、矿产、地盘构造　农业的发展几乎全视土壤的性质何如，不用详论。土壤的性质全视地下岩石的种类何如。岩石的种类又全视当地地质的历史何如。然则农业民族的生活状态与地质的情形有何等密切的关系，由此可以想见。不独农业与地质有如此的关系，就是一地的矿产对于一个民族发展的历史也往往有极重要的关系。比如欧洲自从工业革命以后需用煤铁与日俱增。英国一国煤田甚多，英国的煤层并且常与可采的铁矿互相毗连或相距不远。有这种天然的利益，所以英国的工业发达独早。德法两国屡次交战，杀人数百万，虽然有种种历史上的原因，然而阿尔萨斯－洛林地区（Alsace-Lorraine）的铁矿不能不算是惹起这种历史上的大事件的一大原因。日本铁矿甚为缺乏，它现在正处在由农业国而变为工业国的时代，需铁很多，自己国里没有造铁的原料，所以只好极力到它邻近的中国来想法子。山西一省几乎全是煤田，现在因为交通不利工业不振，山西的人民还是多数务农，将来我们国家实业发达之时，山西必有大开煤矿之日。山西人民大部分必至于抛弃他们祖宗遗传的农业而入于矿业一途。太原也许变成一个中国的伯明翰。矿产对于一个民族的前途又有如此重大的关系。

现在说到地形，各种的岩石结构不同，性质不同。各地岩石构造的情形往往各有特象。这些结构不同，性质不同，构造不同的岩石受了风雨的剥削各应其抵抗力的大小，在地面上成各种形状。岩层如有破裂或褶皱的地方，在地面往往也有特别的形象发生。以前所说的英伦与威尔士交界的地方地形忽而变更，乃是两方面地层的种类不同，构造的形式不同所致。东面属于中生世的岩层褶皱甚缓，西面属于古生世的岩层褶皱甚急。英国中间之所以发生奔宁山脉挡住西来的湿气，是因为古生世末期欧洲发生了一次地盘大改造，那就是地质学家都知道的海西运动（Hercynian Movement）改造。意大利北境之所以有山脉，是因为第三期的中叶欧洲又发生了一回地盘的鼓动。中国秦岭以北地层褶皱较少，破裂甚大，成平台式，所以地表的形状属于原野式。南部褶皱甚多，所以成丘陵式。

伦敦之所以为伦敦，有人以为纯系偶然，其实大谬。伦敦地盘的构造像一个盆形，故名伦敦盆地。盆中都是为四边翘起中间凹下的地层填满。那些地层的构造对于造天然喷水井非常相宜。因为有这种天然的便利，所以当初有许多人家积居在伦敦盆地的中间，渐渐繁盛，于是才有今日的伦敦。巴黎之所以为巴黎，也可用同样的理由解释。

不要说这种大地方，就是极小的一个村落，一条道路的存在，只要仔细地考察，往往都能找出地下的原因来。比如一个小褶皱，或是一个地层中的小裂缝，或是一层特别的岩石的露头，都可成为居民聚集的原因。常在实地调查地质的人，都知道这种奇怪的事实。

综括以上种种，我们现在敢下一个论断。那就是地下的种种情形有左右地上居民生活状态的势力。那种势力的作用，常连亘不断。它的影响虽然不能见于朝夕，然而积久则伟大而不可抗。人类既是自然界的一部分，怎样能逃脱这种熏陶孕育的势力？这种势力千变万化，运行各异其方。各地居民受其影响者，各具特殊之性。于是甲地的人民长于某种制造，乙地的人民工于某种美术。倘若各地人民逐渐发挥其天赋的本能，彼此和合，彼此补助，小而言之一地或一国的文化，大而言之全世界的文化乃得尽兴尽量发展。我很希望政治学者、社会学者解决种种实际问题的时候，把我们现在所讨论的这一层纳入考虑之中。我还希望将来有机会根据这个原则来讨论中国的政治区域应如何划分。

成长启示

在人类文化发展的过程中，大自然起着润物细无声的熏陶作用。不同的生态环境，造就了人们不同的肤色、不同的文化传统、不同的生活习惯，我们应因地制宜，做到尊重自然、顺应自然、保护自然，与自然和谐相处。

要点思考

1. 什么是支配动植物分布的最重要的自然要素？

2. 地形对人们的生活有哪些影响？

延伸阅读

★本书名言记忆

◆力大吹不响喇叭，石灰坑里养不活水仙花。

——《燃料的问题》

◆既到学术场中，心只管细，胆只管大，拿着主脑（思想的法则——Logique），就是那纷繁错乱的世界，天经地义的学说，都不能吓倒我们。

——《现代繁华与炭》

◆真正讲学的精神，大概用一句话可以概括，那就是为真理奋斗。

——《现代繁华与炭》

◆不怀疑不能见真理。

——《中国地势浅说》

◆我们为什么要看东西？是要得到认识，认识愈真切，便是看得愈深。

——《沧桑变化的解释》

◆读书的功夫大半在记忆与思索，读自然书种种机能非同时并用不可，而精确的观察尤为重要。

——《读书与读自然书》

相关名言链接

◇要坚持真理，不论在哪里也不要动摇。

——赫尔岑

◇人的天职在勇于探索真理。

——哥白尼

◇我们探求真理，在一切事件中，获得真理是最高的快慰。

——桑塔亚那

◇追求客观真理和知识是人的最高和永恒的目标。

——爱因斯坦

◇要想成为真正的“人”，必须先是个不盲从因袭的人。你心灵的完整性是不可侵犯的。

——卡耐基

◇为学患无疑，疑则有进，小疑则小进，大疑则大进。

——陆九渊

◇凡有真知灼见的人，无论社会如何腐化，政治如何不良，他必独行其是。

——竺可桢

◇“难”也是如此，面对悬崖峭壁，一百年也看不出一条缝来，但用斧凿，能进一寸进一寸，得进一尺进一尺，不断积累，飞跃必来，突破随之。

——华罗庚

作者名片

李四光（1889—1971），原名仲揆，中国地质学家、教育家，中国地质力学的创立者、中国现代地球科学和地质工作的主要领导人和奠基人之一。1889 年，李四光出生在湖北一个贫寒的家庭，1904 年官费赴日本留学，1910 年毕业于日本大阪高等工业学校,1913 年考入英国伯明翰大学深造，从此与地球科学结缘。回国后，李四光历任中国科学院副院长、地质部部长、全国政协副主席、中国地质学会理事长、中国科学技术协会主席等职。

李四光为中国地质科学的发展做出了重大贡献。他创立了地质力学，提出了中国东部第四纪冰川的存在，开创了活动构造研究与地应力观测相结合的预报地震途径……李四光还写下了《中国地质学》《地质力学概论》《地球表面形象变迁的主因》《天文·地质·古生物资料摘要》等著作。

名家点评

李四光在旧社会走过的道路，尽管有些曲折和坎坷，但他毕生努力的方向和最终达到的高度，以及对祖国和人民做出的贡献，在当代中国科技界、知识界，的确是一面旗帜，无愧于党和人民给予的这个高度评价。

——钱学森

他是中国地质事业也可以说是地球科学事业的奠基人之一。他对中国地质学的贡献、他的治学精神和高风亮节，都堪称后世师表。

——叶连俊

李四光先生作为革命先驱者敢于向旧事物挑战的精神，作为教育家诲人不倦、孜孜追求的品德，作为事业家从人民需要出发强烈的责任感，和作为一名地质学家在科学实践中贯穿了前面所说的革命、育人、为人三者辩证统一的科学思想将永远激励着我们！地质学家李四光先生，像任何一位思想家一样，不仅留给我们许多还要去认识、去判断、去解决的地质问题，而且也留给我们认识、判断、解决的思想。

——刘东生

读后感例文

读《李四光随笔：穿过地平线》有感

李四光这个光辉耀眼的名字，想必大家都不陌生。最近，我拜读了李四光先生的著作《李四光随笔：穿过地平线》，这本书带给我诸多启迪与感触。

李四光先生是我国著名地质学家，为我国地质力学的发展做出了杰出的贡献。而《李四光随笔：穿过地平线》是从李四光先生的大量著作中精选的一些随笔、论著，是一部厚重的地理科普读物，里面的诸多篇章给我留下了深刻的印象。《风水之另一解释》让我认识到了风水在地质学家眼中的概念，《从地球看宇宙》让我感受到了宇宙的浩瀚无垠，《浅说地震》让我知道了神秘的地震原来也是可以预测的……

除了丰富的科学知识外，这本书带给我更大的启示，是李四光先生敢于怀疑的科学精神、勇于开拓的创新精神和为国奉献的爱国精神。

对前辈科学家已经得出的结论，李四光先生没有盲目接受，对未经亲自了解的他人的观点，也不肯妄发议论。他一直持一种怀疑的态度，只有在经过多方考证和自己的亲身实践后，才会做出判断，并发表自己的见解。李四光先生说:“不怀疑不能见真理。”他教育大家，凡事都要持一种怀疑的态度，不要被已成的学说压倒。巴尔扎克曾说:“打开一切科学大门的钥匙，都毫无疑问的是问号。”苏格拉底也曾说:“问题是接生婆，它能帮助新思想的诞生。”怀疑是思考的开始，是新发现的开端，我要学习李四光先生敢于怀疑的精神，不盲从因袭，不人云亦云。

李四光先生还勇于开拓，不断创新。他通过研究䗴科化石和其地层分层意义，提出了我国东部第四纪冰川的存在，并建立了“地质力学”“构造体系”两个概念，创建了地质力学学派，从而有力地回击了中华文明传自西方的议论；他运用地质力学理论，指出我国东北平原、华北平原和两湖地区藏有丰富的石油，为我国石油资源的开发和工业化发展做出了贡献；他还致力于地震研究，开创了活动构造研究与地应力观测相结合的地震预报途径……李四光先生的诸多成就，都来源于开拓创新精神，这种精神值得我们后辈学习。

为国奉献的爱国主义精神也是李四光先生身上熠熠生辉的闪光点。正是因为有着对祖国、对人民的深深的热爱，李四光先生才能无私地去钻研科学，用自己取得的科学成就来发展祖国的生产力，将宝贵的成就贡献给祖国，提升了中国人民的生活水平。

在今后的生活中，我要学习李四光先生不畏困难、勇于开拓创新的精神，也要继承他那热爱祖国、热爱人民的高尚品质，争取也为祖国发展贡献出自己的力量。

知识考点

一、填空题

1. 李四光，字________，原名________，中国地质学家、教育家。

2. 地球是围绕太阳旋转的行星之一，它是一个离太阳不太远也不太近的第________颗行星。

3. 地球的热来源于________。

4. 地球是由气圈、________、________组成的，位于地球最外部的是________。

5. 每次地震都会发出三种不同的地震波，它们是________、________、________，其中________的传播速度最快。

6. 地震发生的主要原因是________。

7. 灾变论学派以________为首，他是________国人。

8. 地球上曾有过三次大冰期，指的是____________________、____________________、____________________。

9. 支配动植物分布的自然因素有____________、____________、____________。

二、选择题

1. 光年是天文工作者用来衡量（　　）的单位。

A. 距离　　B. 时间　　C. 质量　　D. 频率

2. 下列哪项不属于现今通用的燃料？（　　）

A. 木材　　B. 煤油　　C. 火酒　　D. 煤炭

3. 下列哪项不属于水成岩？（　　）

A. 砂岩　　B. 页岩　　C. 石灰岩　　D. 变形岩

4. 德国人维尔纳是下列哪个学派的代表人物？（　　）

A. 火成学派　　B. 水成学派

C. 渐变论学派　　D. 灾变论学派

5. 寒武纪初期出现最多的动物是什么？（　　）

A. 蠕虫　　B. 三叶虫

C. 古介形虫　　D. 古杯海绵

三、简答题

1. 我国地质力学的发展当前面临哪些任务？

2. 李四光先生是怎样解释读书与读自然书的区别的？

参考答案

一、填空题

1. 仲拱　李仲揆

2. 三

3. 太阳

4. 石圈　水圈　气圈

5. 横波　纵波　表面波　纵波

6. 地壳运动

7. 居维叶　法

8. 震旦纪大冰期　石炭－二叠纪大冰期　第四纪大冰期

9. 气候　地形　土壤

二、选择题

1.A　2.C　3.D　4.B　5.B

三、简答题

1. 我国地质力学当前主要面临三项任务。第一，加强构造体系的调查研究，为指导找矿和解决某些水文工程地质问题提供依据。第二，结合有关专业，多方面进行探索，扩大和巩固地质力学的基础。第三，争取广大的野外地质工作者就地检验地质力学的某些概念和工作方法，并加以改进。

2. 读书重在记忆与思索，而读自然书需要以精确的观察为主，种种机能同时并用；读书是读者和作者的交涉，而读自然书是读者和物的直接交涉；读书是间接的求学，而读自然书是直接的求学。

无障碍阅读·彩插励志版

第一辑

《童年》
《西游记》
《红楼梦》
《水浒传》
《昆虫记》
《名人传》
《稻草人》
《格林童话》
《伊索寓言》
《城南旧事》
《爱的教育》
《三国演义》
《骆驼祥子》
《繁星·春水》
《安徒生童话》
《海底两万里》
《鲁滨逊漂流记》
《朝花夕拾》
《钢铁是怎样炼成的》
《假如给我三天光明》
《汤姆·索亚历险记》

第二辑

《格列佛游记》
《绿山墙的安妮》
《雷锋的故事》
《唐诗三百首》
《成语故事》
《简·爱》
《中国古代寓言故事》
《中外民间故事》
《中外神话传说》
《中外历史故事》
《木偶奇遇记》
《寄小读者》
《小王子》
《老人与海》
《八十天环游地球》
《小橘灯》
《呼兰河传》
《论语》
《千字文》
《克雷洛夫寓言》
《小鹿斑比》
《中外名人故事》
《吹牛大王历险记》
《中华上下五千年》

第三辑

《荒野的呼唤》
《泰戈尔诗选》
《宝葫芦的秘密》
《小老鼠皮克历险记》
《小学生必背古诗词 75+80 首》
《小战马》
《红脖子》
《水孩子》
《安妮日记》
《列那狐的故事》
《柳林风声》
《欧也妮·葛朗台》
《小飞侠彼得·潘》
《汤姆叔叔的小屋》
《爱丽丝漫游仙境》
《地心游记》
《名人名言精读》
《尼尔斯骑鹅旅行记》
《神秘岛》
《森林报·春》
《森林报·夏》
《森林报·秋》

《森林报·冬》
《福尔摩斯探案集》
《莫泊桑短篇小说精选》
《四大名著知识点一本全》

第四辑

《欧·亨利短篇小说精选》
《细菌世界历险记》
《爷爷的爷爷哪里来》
《长腿叔叔》
《海蒂》
《朱自清散文精选》
《契诃夫短篇小说精选》

第五辑

《大林和小林》
《父与子》
《王子与贫儿》
《哈克贝利·费恩历险记》
《猎人笔记》
《居里夫人自传》
《格兰特船长的儿女》
《秘密花园》
《青鸟》
《人类群星闪耀时》
《寂静的春天》
《西顿野生动物故事集》
《飞向太空港》
《镜花缘》
《草原上的小木屋》
《丛林故事》
《小巴掌童话》
《给青年的十二封信》
《白洋淀纪事》
《湘行散记》
《梦天新集：星星离我们有多远》

第六辑

《世说新语》
《聊斋志异》
《儒林外史》
《我是猫》
《了不起的盖茨比》
《少年维特的烦恼》
《神笔马良》
《拉封丹寓言》
《希腊神话故事》
《山海经》
《地球的故事》
《十万个为什么》
《中国民间故事》
《中国古代神话》
《非洲民间故事》
《森林报》
《一千零一夜》

第七辑

《小英雄雨来》
《闪闪的红星》
《赤色小子》
《刘胡兰传》
《两个小八路》
《小游击队员》
《铁道游击队》
《李四光随笔：穿过地平线》
《世界经典神话与传说故事》
《欧洲民间故事：聪明的牧羊人》
《捣蛋鬼日记》
《胡桃夹子》
《兔子坡》
《带刺的朋友》
《今年你七岁》
《第七条猎狗》
《萤火虫的季节》
《雁翎队的故事》
《谁是最可爱的人》
《经典常谈》